航空自衛隊
副官 怜於奈

数多久遠

ハルキ文庫

JN122052

角川春樹事務所

目次

第一章　何で私が副官に？

一枚板のカウンターに、グラスが静かに置かれた。グラスは、珊瑚礁《さんごしょう》の海を切り取ってきたかのようなマリンブルー、琉球《りゅうきゅう》ガラスだ。

「これが最後だよ。こんな時間から管《くだ》を巻かないでね」

グラスの中身は泡盛《あわもり》の水割り。多分、極薄だろう。営業上の理由ではなく、健康を気づかって。

「このぐらい平気よ」

軽口で答えた斑尾《まだらお》怜於奈《れおな》は、やはり営業上の理由もあるかと考え直した。時刻は、まもなく午後九時になる。夜型社会の沖縄《おきなわ》では、飲み屋にとってこれからがかき入れ時。確かに店に迷惑もかけられない。それに、後半に突入したとは言え、まだ二十代の女一人で酔っ払っていれば、めんどくさい男に声をかけられることもあるだろう。いずれにせよ、ほどほどにしておいた方が良さそうだった。

斑尾が座るのは、客が十人も入れば窮屈に感じる〝ゆんた〟のカウンターだ。店の作りはスナックに近いが、メニューにはない定食も出してくれる。小さな居食屋と言ったところだ。もっとも、定食を出してくれるのは、斑尾が、目の前にいる喜友名《きゆな》唯《ゆい》の友人だからなのかもしれない。

「私は嬉《うれ》しいねぇ。その〝副官〟というのになれば、ずぅ〜っとうちなぁにいられるわけでしょ？」

カウンターの奥で、包丁を握りながら背中越しに言ったのは、唯の母親で、〝ゆんた〟のママ古都子《ことこ》だ。日中は、沖縄の伝統楽器である三線《さんしん》の先生もやっている。たまに、〝ゆんた〟で弾くこともある。

「まだ決まってないです。候補に推薦するって言われただけ」

自衛官である斑尾が沖縄の那覇《なは》基地に転属してきたのは二年ほど前。幹部自衛官である斑尾は、そろそろ異動時期だった。普通の異動ならば、沖縄を離れる可能性が高い。だが今回、斑尾の抗議も空《むな》しく、候補から正式に副官となれば、那覇基地内での異動ということになる。沖縄にいられる期間が延びることは間違いない。

「その副官っていうのは、どのくらいやることになるの？」

小柄な唯がカウンターを回って、隣の席に腰掛ける。斑尾の他《ほか》に、カウンターには誰《だれ》も座っていない。テーブル席に一組の客がいるだけだ。

「一年か、もう少しみたい」

「なんだ。結構短いんだ」

唯は残念そうに言うが、斑尾にとってはたまったものではなかった。

「あのね……」

言葉を切って、息を大きく吸い込んだ。

「副官っていうのは、自衛隊内でも激務で知られた仕事なんだよ。そんなのを何年もやりたくない」

そう言うと、斑尾は声を落として呟《つぶや》く。

「ちょっとでも嫌だけど」

激務だからというのとは別の理由での呟きは、唯達には、あまり聞かれたくなかった。身勝手な思いだったし、誇れるような理由でもなかったから。

「さっき副官は秘書みたいなものだって言ってたよね。秘書が激務なの？」

「朝が早い、夜も遅い、休日の仕事も多い、みたい」

「勤務時間が長いってこと？」

「ＶＩＰの相手ばかりしなきゃならないから、神経も使う、らしい」

唯は、「苦手そうだね」と言って苦笑した。

「でも、みたいとか、らしいとか言うってことは、怜於奈もそう聞いただけなんでしょ。やってみたら、意外に天国かもしれないよ」

「なわけないよ」

とは言ったものの、斑尾自身、副官についてはほとんど知らなかった。補職されるなんてことは考えたこともなかったから。いや、それ以上に考えたくなかった。課業終了、一般の会社で言うところの終業時刻の後、現在、北の方で副官を務めている知り合いに電話をかけて聞いた。こんなことでもなければ、電話などしたくもない相手だったが、情報不足では戦えない。背に腹は替えられず教えを請うた。三十分後に電話すると言った相手は、予告通り、三十分後に、いつもと同じへらへらした口調で電話してきた。

「やっぱり大変らしいわ。でも、教えてくれた奴《やつ》は、刺激があって楽しいって言ってた。自分から希望して副官になったような変態だから、楽しいって部分は参考にならないけどね」

嘆息してグラスをあおる。横にいる唯は、愛嬌《あいきょう》のある丸顔に笑みを浮かべていた。

「まあでも、当分那覇にいられるならいいじゃない。私は嬉しいな。またいっしょに潜りに行けるよ」

母親に似て、唯は、働き者だ。日中はダイビングショップで働いている。知り合ったのも、沖縄に来てから始めたスキューバダイビングがきっかけだ。インストラクターが唯だったのだ。「店にも来てね」と言われた〝ゆんた〟が、近所だったこともあり、以来、ここで夕食を食べることが多い。

「断るつもりだけどね」

　命じられてしまえば、拒否はできない。だが、まだ候補ということは、避けることができるはずだった。恐らく、希望調査が行われるだろう。「希望しません」とはっきり言えば、やる気のない者にやらせることはないはずだ。士気の低い副官では、司令官が困ることになる。少なくとも、斑尾の意思は、上司である群司令《ぐんしれい》にはっきりと伝えた。複数の候補者で選考もあるし、その前に群司令が考え直し、群からの推薦を変えてくれる可能性もあるのだ。

＊

　この日の午前十時過ぎ、斑尾二等空尉《にとうくうい》は、窓から立派な椰子《やし》の木が見える廊下を、他よりもちょっと豪勢なドアに向け、重い足を動かしていた。足が重いのは、履いている長靴と呼ばれるごついブーツが重いから……という理由だけではなかった。

　歩きながら、まくり上げていた迷彩服の袖《そで》を伸ばす。途中にあった姿見《すがたみ》で身だしなみもチェックする。ＷＡＦ（ワッフ、Woman in the Air Force）とも呼ばれる女性自衛官としては、ちょっと高めの身長百六十七センチ。もともとは細身だった体も、入隊後のトレーニングで筋肉が付き、今では立派な細マッチョだった。思い返してみれば、幹部への任官直後は、制服や迷彩服に着られていた自分も、今では立派な自衛官に見えた。この後予定されている準備訓練の申告に向け、迷彩服はしっかりプレスされているし、長靴も磨き上げてある。毎日塗っている日焼け止めだけでなく、薄めにメイクもしてきた。顔を左右に振り、ショートボブの髪が乱れていないかも確認する。

　自分の顔を見直すと、左の目尻下にある泣きぼくろが目についた。唯はチャームポイントだと言ってくれるものの、本人としてはいまいちだった。これだけで、妙に女っぽさが増している気がする。かと言って、厚化粧で塗りつぶすのは容儀《ようぎ》基準から外れてしまう。気合いを入れて鏡の中の自分を睨み返す。目力《めぢから》で補うしかなかった。

「良し！」

　服装容儀の自己チェックを済ますと、自分に活を入れなおし、歩みを再開する。窓から見える椰子の木は、航空自衛隊那覇基地の正面ゲートから延びる道路に、街路樹として植えられているものだ。その椰子の木たちは、まさに沖縄と言うべき真夏の日差しで輝いている。廊下にも空調が入っているものの、少々暑かった。

　斑尾は、所属する第五高射群の群本部庁舎にいた。向かっている先は、廊下の最奥にある。廊下は、途中から絨毯《じゅうたん》が敷かれ、長靴で踏んで良いものか、少々はばかられるくらいだ。

　沖縄に所在する第五高射群は、地対空ミサイル、パトリオットを運用し、弾道ミサイル防衛にも携わる部隊だ。斑尾は、その中で、群全体の戦術指揮（空自では、統制と言う）

を行う指揮所運用隊（指運隊）に所属している。彼女が、同じ那覇基地内とは言え、群本部、しかも群のトップである群司令の元まで来ることは稀《まれ》だった。

「去年の巡回教導《じゅんかいきょうどう》以来かな？」

独りごちた彼女の目の前には、目指してきた木製のドアがある。自衛隊の作法としては多少異質と言えるノックをする。本来しなくても良いのだが、一佐《いっさ》以上ともなると、秘匿度の高い仕事をしていることも多い。ドアを開ける予告として、ノックがマナーとして正解だ。ノックに続き、防音を考慮したドアを突破させるために、普段以上に声を張り上げる。

「斑尾二尉、入ります」

ドアを押し開くと、老眼鏡を鼻眼鏡にした群司令、護国寺《ごこくじ》一佐が書類から目を上げた。

「おう。ちょっと待ってろ」

鷹揚《おうよう》に答えた護国寺は、握っていた万年筆で、そこに座れとばかりに応接セットを指した。斑尾は、ソファに向かうものの、腰掛けてよいものか判断しかねた。立っているにしても、気をつけの姿勢をとるのもやりすぎな気がする。無難な線だろうと考え、休めの姿勢で応接セットの横に立つ。

「気が散るから座っとけ」

座れと命じられれば、座らざるを得ない。斑尾は、借りて来た猫よろしく腰を下ろすと、背筋だけは伸ばした。斑尾は、指運隊の運用小隊長を拝命しているとは言え、やっと命令を下すことにも慣れてきた程度の初級幹部に過ぎない。群司令と言えば、式典で顔を見るか、演習でミスをした時に無線回線でどやしつけられるくらいしか接点はなかった。

そんな群司令、護国寺が、一体どんな用があるというのだろうか。

斑尾は、護国寺に呼ばれて群本部に来たわけではなかった。本年度の巡回教導に向けた準備訓練の申告とそれに続くブリーフィングに来たのだ。

巡回教導は、浜松《はままつ》基地に所在している高射教導群が、全国に六つある高射群を巡回し、教導と呼ばれる訓練指導を行うものだ。高射部隊の巡回教導が一般の人に知られることは稀だ。しかし、高射教導群と共に航空戦術教導団に属し、飛行部隊を教導する飛行教導群が行う巡回教導は、ミリタリーファンが追っかけることもあってよく知られている。飛行教導群は、いわゆるアグレッサー部隊として仮想敵役を演じるため、塗装が特徴的で、全国のファンにとって見逃せないものだからだ。

外部からの知名度に差があっても、どちらの教導も、その重要度に違いはない。ベテランが集まる教導部隊に指導を受ける機会は、練度を向上させる上で効果的だ。そのため、しっかりと準備訓練を行った上で教導を受ける。

斑尾は、昨年の巡回教導を受けていた。今年は、準備訓練の指導役を命じられている。その訓練開始にともなう申告を行うため、那覇基地の滑走路をぐるっと半周して群本部に来たのだが、群本部の防衛部に顔を出したところ、会議室で待機を命じられた。県北の恩《おん》納《な》村からの参加者が道路渋滞で遅れているからだという。

　ところが、その会議室に総務班長がやってきて、「群司令がお呼びだよ」と告げてきた。

そのため、仕方なくやってきたに過ぎない。

「ここに来て、どのくらい経《た》つ？」

　護国寺は、視線を上げることなく言った。まるで書道でもするかのような姿勢で書き物を続けている。

「まもなく二年になります」

　やはりか！

　斑尾は、期待と不安を持って次の言葉を待った。そろそろ異動時期なのだ。話があるとすれば異動ではないかと当たりを付けていたが、どうやら正解らしい。ただし、懸念は、群司令が話すということだ。普通ならば、異動は、上司である隊長から聞かされる話題のはず。隊長よりも、更に上の群司令から聞かされるとなると、異動先が良いものであれ、悪いものであれ、覚悟をする必要がありそうだった。

「前はどこだ？」

「饗庭野《あいばの》の一二高隊です」

　中京圏の防空を担任するパトリオット部隊、第四高射群の第一二高射隊が、幹部候補生学校を卒業した斑尾の初任地だった。

「ASPには行ったか？」

「はい。一二高隊の時に」

ASPは、アメリカのミサイル射場を借りて行う実ミサイルの射撃訓練だ。高射部隊では、最も重要な訓練と言えた。

「ASPは行ったし、小隊長もやった。TDとして巡回教導も受けた」

TD（タクティカル・ディレクター）は、高射群の戦闘指揮全体を司《つかさど》るサッカーの司令塔のようなものだ。高射群には、各部隊の隊長や群司令がいるが、彼等《ら》は戦闘の細かな点には口を出さない。サッカーの監督のようなものだと思えばいい。プレイヤーは、斑尾のような初級幹部や空曹士《くうそうし》だ。

斑尾が返す言葉を探っていると、護国寺が追い打ちを放ってきた。

「もう、一通りのことは経験したな」

まるで、もうここにはお前がいる必要はないと言っているようにも聞こえた。斑尾は、慌てて口を開く。

「ですが、巡回教導ではミスを犯しましたし、一二高隊の時から希望している電子戦課程にも行かせて頂けてません。電子戦課程に行っていれば、巡回教導でも、もっとうまくやれたと思っております」

転属だけならまだしも、護国寺の口ぶりは、まるで職転、職種転換を言い渡そうとしているようなものだった。異動時期なので、異動すること自体は仕方ない。しかし、職種の転換は何としても避けたかった。斑尾は、趣味の延長、いや趣味の応用として、パトリオットの戦術に携わることを目的に、自衛隊に入隊したのだ。

「なんだ、そんなに電子戦課程に行きたかったのか？」

「はい。高射運用を極めるために、是非行きたいと思っています」

電子戦課程は、レーダーを扱う要員に対して、高度な電子戦技術を教える課程だ。航空戦術教導団が教育を行っている。入校しているのは、高射関連だけでなく、レーダーを扱うあらゆる職域の人間だ。

護国寺は、デスク越しに、探るような目を向けてきた。

「そうか」

そう言うと、護国寺は、また書類に目を落とした。落ち着かない斑尾は、姿勢だけは正したまま、視線をうろうろさせた。

「さて」

たっぷり三分ほども待たされた後、護国寺は、静かに立ち上がって斑尾の正面にあるソファに掛けた。

「単刀直入に言う。予想しているとは思うが、異動の話だ」

斑尾は、「はい」とだけ答えて唾《つば》を飲んだ。

「来月頭に、南西航空方面隊司令官が交代する」

南西航空方面隊は、沖縄地域を管轄している。第五高射群の上級部隊である。

「噂《うわさ》としては聞いています」

しかし、それが、自分の異動とどう関係するのか予想できなかった。

「司令官の交代は急な話でな、最近の補職傾向から逆行するが、予定されていた副官の交代も併せて実施するそうだ」

「副官……ですか?」

「副官ぐらい知っているだろう」

「もちろん知ってますが、まさか私が副官にですか?」

「そう。候補として方面に推薦する、という段階だがな。五高群からの候補ということだ」

護国寺の話によれば、本来の副官人事は、司令官の交代時期とはずらしているそうだ。交代による混乱を防ぐためらしい。ただし、昔は司令官の交代と併せて交代させていたという。そろそろ副官の交代時期だったらしいのだが、方面隊司令部は、急に司令官が交代することになったので、現在の副官の異動を延期するつもりでいたという。しかし、新司令官の意向を伺ったところ、同時交代で構わないとおっしゃられたため、副官も交代させることになったらしい。

「で、方面から各隷下《れいか》部隊に候補を挙げろと言われた」

隷下というのは、下位に隷属しているという意味だ。南西航空方面隊の隷下には、九空団（第九航空団）や五高群などがある。

「お前は、ＴＤとして巡回教導も受けたし、小隊長も経験した。群でやることはやり尽くしただろう。俺《おれ》としては、お前を推薦するつもりだ。どうだ？」

異動は命令だ。それでも、人事に関しては希望を聞かれることはよくあることだ。不本意な人事では士気が低下する。それは、民間でも自衛隊でも変わらない。

「群司令が私を評価して下さっていることは嬉しく思います」

副官は、激務で知られると同時に、優秀と評価される者が補職される一種のエリート配置でもある。これは旧軍時代から続く伝統で、山本五十六《やまもといそろく》や沖縄戦の司令官だった牛島満《うしじまみつる》も副官経験者だった。

とは言え、副官配置は、斑尾の希望とはかけ離れていた。副官なんぞにされてしまっては、何のために自衛隊に入ったのか分からなくなってしまう。断固、拒否しなければならなかった。

だが、自衛隊においては、たとえ命令ではなかったとしても、上級指揮官の意向に逆らうのは得策ではない。どう考えても、覚えが悪くなることは確実だ。

副官配置になったからと言って、職種が変わるわけではないだろう。それでも、斑尾は言っておきたかった。高射のスペシャリストを目指す彼女には、副官の仕事が自分のキャリアにとって有意義だとは思えなかったし、それ以上に、スペシャリストとしては〝要らない〟と言われている気がしてならなかった。

「ですが、先ほども電子戦課程を希望すると言った通り、私は高射のスペシャリストになりたいと思っています。司令官のスケジュール管理やお茶出しが、私の希望に資するとは思えません。できれば、遠慮したいと考えます」

「副官の仕事が、スケジュール管理やお茶出しだと思っているのか？」

しまった！

護国寺の口調は穏やかだった。しかし、明らかに不満げだ。お茶出しと言ったのは、いくらなんでも失敗だったかと思い至るも、既に遅い。

「いえ、もちろんそれだけとは思いませんが、なにぶん考えてもみなかった補職なので、よく分かりません」

咄嗟《とっさ》に取り繕ったが、護国寺に良くない印象を持たれたのは間違いなさそうだった。

「そうか。まあ、お前の希望は分かった。考えておくが、候補として推薦するかもしれないからな。覚悟だけはしておけ」

斑尾は、動揺したまま群司令室を辞した。「斑尾二尉、帰ります」とは言ったものの、敬礼を忘れたことを廊下に出てから気が付いた。

「まずったかな……」

日差しに輝く廊下で、独りごちて肩を落とした。

＊

群司令に呼びつけられてから、三日が経過していた。

斑尾の足下には、石にペンキで『ゆんた』と書かれた看板らしきものが置かれている。沖縄でよくみられる石敢當《せきがんとう》という魔除《まよ》けを模したものだ。斑尾は、その横にある建付けの悪いドアを開けた。

「いらっしゃい。今日はずいぶん遅いね」

カウンターの奥から、唯の快活な声が飛んでくる。遅いと言っても、時刻は午後九時を回ったばかり。店としては、これからがかき入れ時。斑尾の来店時間としては遅いというだけだ。

「ニュースは見た？」

われながら疲れた声だ。

「見たよ。もちろん。またミサイルなんでしょ？」

昨夜に放送された朝鮮中央《ちょうせんちゅうおう》テレビのニュースで、またぞろ北朝鮮《きたちょうせん》がロケットという名の弾道ミサイル発射実験を行うと宣言した。しかも、再び沖縄の先島《さきしま》諸島、宮古《みやこ》島や石垣《いしがき》島方面の上空を通過させるという。

防衛省は、以前から情報を摑《つか》んでいたのか、昨夜遅くから矢継ぎ早に指示や命令が出ていた。弾道ミサイル対処任務が発令され、部隊が先島へ機動展開することが見込まれている。おかげで、斑尾も大忙しだった。

「そうなんだけどさ。それだけじゃなくてね」

斑尾は、カウンター席の端に腰掛けると、ほとんど頭に入っているメニューを見た。

「ナーベランブシーもあるよ」

ナーベラはヘチマ、と言っても、スポンジ代わりに使うヘチマほど成熟したものではなく、まだ小さい段階で収穫したものだ。沖縄では、ポピュラーな食材だ。ウブシーは豚肉を使った味噌《みそ》煮込みを意味する。ナーベランブシーは、ヘチマと豚肉の味噌煮込みということになる。〝ゆんた〟では、焼き物、炒《いた》め物などはいつでも出してくれるが、煮込み料理や入手機会が限られる食材の料理が、不定期でメニューになることもある。

「じゃ、それにしようかな。ちょっと疲れたし」

ナーベラは、ビタミンやミネラルが豊富で、美容や疲労回復に効果があると言われている。唯は、「はいよ」と答えて鍋《なべ》の蓋《ふた》をあけた。

「他にも何かあったの?」

立ち昇る湯気の向こうで、唯は、おたまを握りながら言った。

「例の話。明日、面接をやるから来いって言われた」

「例の話って、副官ってやつだよね。断ったんじゃなかったの？」

「断ったというか、嫌だとは言ったつもりなんだけど……」

嫌だと言う人間を外していたら、組織が回らない。それが分かっている身としては、

『来ちまったか』としか言えないのだ。

「なるほどね。でも、まだ面接があるんだ」

「そう。嫌だと言える組織じゃないけど、希望しないとは言える。やる気のない人を配置すると困る人が多いと思うんだ。しかも一番困るのは、副官として仕える沖縄にいる自衛官のトップ。だから、はっきり希望しないと言えば、大丈夫だと思う」

斑尾は嘆息と共に、まだ何も出されていないカウンターに視線を落とした。唯が、いつもの調子で、「大変だね」なんて言ってくれると思っていたが、あにはからんや沈黙の瞬間が訪れた。怪訝《けげん》な思いで視線を上げると、唯は目を丸くして斑尾を見つめていた。

「副官って、そんな凄《すご》い人の秘書なの？」

「言わなかったっけ？」

「副官にされちゃうかも、としか聞いてないよ」

自衛官である斑尾にとって、副官と言えば、自動的に即〝超〟が付くほどのＶＩＰに仕

える者という認識になる。しかし、一般人にとっては、決してそうではないと改めて思い知った。

「南西航空方面隊は、日本をざっくりと四つのエリアに分けたうちの、一番南西側、沖縄と鹿児島の一部周辺空域を守るのが仕事。そのトップが南西航空方面隊司令官だよ。沖縄には、海上自衛隊や陸上自衛隊もいるけれど、人数や部隊数は、圧倒的に航空自衛隊が多いから、階級も一番上」

「つまり……、一番エライ！」

斑尾とすれば、〝エライ〟という表現に語弊がある気がするものの、一般人の理解はそのくらいなのだろう。

「まあ、そんなとこよ」

唯との会話でぐったりしていると、古都子が問いかけてきた。

「今度の司令官さんは、何ていう人なの？」

「溝《みぞ》ノ口《くち》空将という方だそうです。今は、航空幕僚監部《ばくりょうかんぶ》の防衛部長だとか。それがどうかしましたか？」

古都子は「う〜ん」と間延びした声を上げると、名答をひらめいたかのように言った。

「こういう商売をしているとねぇ、そういう話は知っておいた方がいいの」

「そういうものですか」

斑尾が、違和感を抱えたまま答えると、妙にテンションが高くなった唯が叫ぶ。

「それにしても、そんな人の秘書になるなんて、怜於奈って凄いのね！」

「なってないよ！」

のんきにそんなことを言う唯は、カウンターの奥で古都子と騒いでいた。

思えば、もう二年近くも〝ゆんた〟に通い詰めていても、あまり詳しく自衛隊のことを話したことはなかった。唯も古都子も、あまり聞いてこなかった。たぶん、基地の近くで飲食店を経営する者の知恵でもあるのだろう。客のことを詮索《せんさく》しないというのは、何も基地周辺に限った事でもないはずだ。

つるっとした食感で、食欲がなくても食べやすいナーベランブシーで腹を満たすと、斑尾はそそくさと帰宅した。

明日は面接がある。希望しないと言うつもりとは言え、それなりの容儀は整えなければならない。プレスぐらいはした方がいいだろう。澄んだ夜空を見上げると、自然と言葉が漏れた。

「エライ……か。その程度にしか理解されてないんだな」

＊

指定された時刻は十六時だった。自衛隊では、時刻は二十四時間制で表現する。当然のこととして、斑尾は、その五分前に、指定された南西航空方面隊司令部の総務部総務課を訪れた。

「入ります。五高群の斑尾二尉です。面接に参りました」

誰が担当なのか分からない。所属姓階級を名乗り用件を告げると、入り口近くに座っていたWAFが立ち上がった。階級は三曹《さんそう》。ピカピカの階級章を見ると、空士から昇任して間もない感じだ。長い髪を頭の後ろでお団子にしている。

「ご苦労様です〜」

イントネーションの激しいというか、少々素《す》っ頓狂《とんきょう》な声で「こちらにどうぞ〜」と案内してくれる。まだ二十五にもなっていないように見える。見かけによらず……と言ったら失礼だが、優秀なのだろう。空士から空曹である三曹に昇任すれば、ひよっこからいっぱしの自衛官だ。通常、三曹から、二曹、一曹、そして定年までに曹のトップである曹長《そうちょう》を目指して、自衛官としての経験を積んで行く。二十代前半で、三曹になるというのは、なかなか難しいのだ。早い段階で三曹に昇任できる曹候補生だったのかもしれない。どっちにしても、優秀であることに違いない。

向かったのは廊下の奥。自衛隊の庁舎は、決まっている訳ではないだろうが、大体似たような作りだ。五高群本部庁舎と同じで、この先は司令官室とかだろうなと予想する。

案内してくれたWAF、富野《とみの》三曹は、廊下の途中で右にあるドアを開けた。

「ここで待っていて頂けますか。前の方がまだ終わってないんです」

応接室のようだ。中央にテーブルがあり、両脇《りょうわき》にソファが置かれている。順番が来たら、呼びに来てくれるのかと思いきや、向いの部屋が面接会場なので、開いたら入ってくれとのことだった。

「分かりました。候補は何人いるか知ってますか？」

「え、知らないんですか？」

富野三曹は、さも知っていて当然と思っているようだ。

「ええ、この時間に来いとしか聞いてないので……」

「そうでしたか」

富野三曹は、応接室の中央付近まで進むと、向いの部屋のドアを見やってから、声を潜めて口を開いた。面接の邪魔にならないように配慮しているようだ。

「副官は、隷下部隊から吸い上げるんです。南西空司令官の副官を務める以上、南西空の状況をある程度知っている必要がありますから。ただ、南施隊（南西航空施設隊）と南音隊（南西航空音楽隊）は部隊規模が小さいので、九空団、南警団（南西航空警戒管制団）と五高群から各一人の候補を出させてます。つまり、ライバルは二人です。頑張って下さいね！」

彼女は、両の手を握りしめてガッツポーズを取っていた。そんなに応援されても、斑尾自身は断るつもりで来たので苦笑するしかなかった。向いの部屋のドアは、まだ開かない。面接が続いているようだ。

「今面接を受けているのは、南警団の人ですか？」

自衛隊の中では、この手の特に配慮を必要としないものは編制順と呼ばれる順番で行われることが多い。あいうえお順みたいなものだ。南西空隷下部隊の編制順は、九空団、南警団、五高群だ。次が自分の番なので、斑尾は、今受けているのは南警団からの候補だろうと推測した。

「ええ。沖永良《おきえら》から来てもらってます」

沖永良部島《おきのえらぶじま》には、分屯《ぶんとん》基地と呼ばれる小さな基地がある。基地名は沖永良部島分屯基地。しかし、空自内での略称は、なぜかオキエラだ。多分、長すぎるからだろう。

沖永良部島から昨日の今日で来たとなれば、大変だったろう。沖永良部島と那覇のアクセスは、航空機が一日一便、フェリーが二便しかない。

「五五警ですか。特技は？」

沖永良部島分屯基地はレーダーサイトだ。部隊は、第五五警戒管制隊といい、略して五五警と呼ばれている。特技というのは空自内での職種のこと。ちなみに斑尾の特技は高射運用。

「兵器管制《かんせい》だって聞いてます」

「そうなんだ。じゃあ、副官は熱望かな」

兵器管制官は、レーダー情報をもとに、戦闘機に助言を行う。警察のロボットが活躍する某アニメ映画で有名な、暗がりでインカムに喋《しゃべ》っている人だ。もっとも、管制システムが以前使用していたＢＡＤＧＥから現行のＪＡＤＧＥに更新されてからは、職場は暗がりではなくなっている。

「そんな感じでした」

「脱出できるものね」

彼等の勤務場所は、戦闘機に助言を行うＤＣ（防空指令所）と呼ばれる場所がメインだが、レーダーサイトにも少数ながらポジションがある。当然、花形はＤＣだ。レーダーサイト勤務から抜け出すためにも副官を希望しているのだろう。自分の代わりに、熱望してくれる人がいることは、斑尾にとってありがたかった。

「それもあると思いますが……」

富野三曹が言いかけたところで、向いにあるドアが開いた。

「失礼します」

出てきた人物は、制服を着ていた。斑尾は迷彩服だ。一瞬、ミスをしたかと焦るが、服装指定はなかったはずだ。連絡の不備で斑尾が聞いていなかった可能性もあるが、そうだったとしても今さらどうしようもない。そもそも、副官を希望している訳でもないので、それで評価が下がっても問題ない。部隊に迷惑さえかけなければ良いのだ。

「服装の指定はなかったですよね？」

「ええ。面接官は、部長と課長ですし」

そう言った富野三曹が、面接会場に入るように手で促してくる。斑尾が、廊下に出ると、まだ廊下にいた南警団の候補者から睨《にら》まれた。相当気合いが入っているようだ。睨み返す必要もないので、斑尾は、会釈してやり過ごす。面接会場のドアを軽くノックすると、押し開いた。

「入ります」

部屋に入り、一旦《いったん》気をつけの姿勢をとってから敬礼する。帽子を被《かぶ》っていないので、体を十度だけ傾ける〝十度の敬礼〟だ。会釈に近いが、動作は会釈のように柔らかくない。瞬間に動かし、瞬間に止めるのが敬礼だ。

たかが十度とは言え、敬礼は視線を下げる。視線を上げ、初めて気が付いた。富野三曹は、部長と課長は服装を気にする程の相手ではないと言いたげだったが、階級章は一佐と三佐だった。一佐は、五高群司令と同じだ。内心で〝そういう所なのか〟と衝撃を受けつつも、斑尾は平静を装って声を張り上げた。

「第五高射群、斑尾二等空尉、面接を受けに参りました」

「そこに掛けて」

野太い声で言った人物は、名札に藍田《あいだ》とある。階級は一佐。沖縄出身でもこれほどの人は少ないと思える程に色黒だった。この人が総務部長なのだろう。そうなると、その隣に座っている禿《は》げ頭の西口《にしぐち》三佐が総務課長のはずだ。

斑尾が腰を下ろすと、面接が開始された。自己紹介に始まって、部隊歴や現在行っている業務について聞かれた。質問してくるのは、もっぱら部長の藍田一佐だ。こういう場合、実務的なことは部下である課長が行い、部長は黙って聞いておき、最後に一言というパターンが多い。部長自ら逐一質問してくるところを見ると、細かなことにうるさそうな部長だった。それに対して、課長の西口三佐はにこにこしているだけだ。

「では、続いて、副官に補職されることへの意気込みはどうかな？」

いよいよ、斑尾にとっての本題だった。

「群司令から推薦頂いたにもかかわらず、失礼だとは承知していますが、私は副官への補職は希望しておりません」

「理由は？」

お叱《しか》りを受けるかと思っていたが、強面《こわもて》の藍田一佐は、単純に理由を聞いてきた。隣の西口三佐は、目を丸くしている。もしかすると、藍田一佐は、群司令である護国寺から、斑尾が希望していないことを聞いているのかもしれなかった。

「私は、高射運用幹部として、自らの知識技能を磨きたいと考えております。副官は、重要な職務だと理解しているつもりですが、自身の希望とは方向が異なります」

断るにしても、否定的な回答は、好ましくない評価を受ける。何せ、南西航空方面隊は、第五高射群の上級部隊だ。下手な回答をすれば、希望と異なる補職を命じられることだって考えられる。

「なるほど。では、異動の希望はどこに？」

異動先の希望調査は毎年行われている。沖縄に来てからずっと、希望先は変わっていなかった。

「高射教導群が第一希望です。第二希望としては他の高射群本部です」

「あくまで高射部隊という訳か」

まだ早いかもしれないが、いずれは、教導を行う側になりたいのだ。

「はい。自分としては、高射のスペシャリストとなることが希望です。そのため、誠に失礼ではありますが、今回の副官配置に関しては遠慮したいと考えています」

藍田一佐は、何やら思案顔だった。西口三佐は、資料をめくっている。ほんのわずかな時間ではあるものの、居心地の悪い間が続く。

「希望は理解した」

藍田一佐は、そう言うと言葉を継いだ。

「ただし、希望の通りになるとは限らないということは理解しておくように」

「はい。それは理解しているつもりです」

「では、もう一つ聞いておきたい。君の希望は、群司令もご存じだと思うが、その群司令が君を推薦してきた理由は何だと思うかね？」

斑尾にとっては、意外な質問だった。五高群内には、階級や経験上、斑尾と同程度の人はいた。

「申し訳ありません。それについては分かりません」

その彼等ではなく、斑尾が推薦された理由は、分からなかった。

「なるほど」

そう言うと、藍田一佐は、西口三佐に何やらささやきかけた。

その後は、一転して、西口三佐から質問された。内容は、副官の業務に関することだった。希望して心構えを持っている人間なら答えられるのかもしれないが、調べてもいない斑尾には、まともに答えられるはずもなかった。一応真面目《まじめ》に答えたものの、的外れだったかもしれない。

＊

面接が終了しても、正解を調べてみる気にもならなかった。その後は、弾道ミサイル対処の準備に忙殺され、副官の件など忘れてしまっていた。

宮古島や石垣島に展開した部隊が準備を完了し、警報があればいつでも対処できる準備が整った後になって、一本の電話を取るまでは。

「はい。運用小隊長斑尾二尉です」

「南西空司の総務部長から連絡があったぞ。お前に決まったそうだ。頑張れよ」

名前も告げずに用件だけを告げた護国寺の声は、なぜか楽しそうだった。

＊

斑尾は、特別借り上げ宿舎、通称特借《とっかり》の玄関ドアを閉めると、おぼつかない足どりで部屋の角に向かった。

特借宿舎というのは、一般のアパートを防衛省が借上げ、隊員に官舎として又貸ししているものだ。基本は、官舎が足りない場合に取られる措置なのだが、沖縄では地元にお金を落とす、という観点から、官舎はほんの少数が作られているのみで、大量の特借が那覇市内や隣接する豊見城《とみぐすく》市内などに設けられている。

基地周辺の地主にとっては、賃料を防衛省がきっちり払ってくれる上、自衛官は物件を丁寧に扱うためありがたい制度だ。おかげで、官舎を作るなんて話には反対運動が起きるほど。自衛官にとっても、狭くてボロい官舎より、特借の方がいいに決まっている。官舎よりも特借というのは、沖縄に限らず、自衛官が共通して抱く希望だ。

斑尾の特借も、官舎よりも室内が広く、小ぎれいな2DKだった。独身の斑尾にとっては広すぎるくらい。ほとんどの事はダイニングキッチンで済ませられるので、一室が寝室。残りの一室は、事実上ウォークインクローゼットになっている。

斑尾は、パソコン用の椅子《いす》に手をかけ、電話台代わりに使っているカラーボックスの脇まで引っ張って来た。既に〃ゆんた〃でしこたま飲んでいたが、受話器を上げる準備として、コンビニで買って来た缶チューハイを開ける。

「飲まなきゃやってられないっつうの！」

斑尾がグチを言える相手は多くない。唯と電話の先にいる家族くらいだ。唯には、既にグチっていたものの、まだ足りない。呼び出し音が十五秒以上も続いた後、眠そうな声が響いた。

「あ、お母さん。結局、副官にさせられちゃったよ！」

斑尾の母、昌子《まさこ》は、ただ『あら』とか『まあまあ』と答えていた。斑尾とすれば物足りない気もするが、そもそも昌子に何かを期待していたわけでもない。グチを聞いて欲しかっただけなのだ。

「巡回教導でパーフェクトを取らせたかったのに……」

「巡回教導って、去年怜於奈が受けた実技試験みたいなの？」

「試験じゃなくて、教導だってば！」

「ごめんねぇ。怜於奈が自衛官なのに、自衛隊のことには疎くて」

自分の娘なのに酷《ひど》いものだ。

航空自衛隊、もっと正確に言えば、航空総隊は、それぞれの部隊での練成に加え、航空戦術教導団が各部隊を教え導くことで、技能の向上を図っている。航空戦術教導団の隷下には、飛行部隊の教導を行う飛行教導群、パトリオットや短射程の防空火器を扱う高射教導群、基地の警備を担当する基地警備教導隊などがある。当然、それらは精鋭が集められたプロ中のプロだ。

各基地を巡回しての教導だけでなく、集合して教導の機会が設けられることもある。

「まあ、仕方ないかもね。戦闘機の巡回教導は雑誌にも載るけど、高射の巡回教導なんて、朝雲《あさぐも》に載る程度だから」

飛行部隊の巡回教導は、特別な塗装を施されたアグレッサー部隊が各基地に移動して行うため、非常に目立つ。一方、高射の巡回教導は、自衛隊の施設内で完結する上、機材を動かす機動展開はまだしも、シミュレーターで実施される防空戦闘の教導などは、同じ基地にいる自衛官ですら、まず目にすることはない。

注目度の差は、致し方なかった。それでも、自衛隊の準機関紙とも言える朝雲新聞には取り上げてもらえる。朝雲は、一般にも売られているものの、ほとんどの購読者は自衛官か防衛関係企業だ。

「去年は悔やんでいたわね」

教導群による講評が行われている間、斑尾は唇を噛《か》んで堪《こら》えた。自宅に戻った直後、昌子に電話したのだ。

「まあね。だから、今年こそは優秀の評価を取らせたかったんだよ！」

「今年も出る予定だったの？」

「事前訓練の指導担当になってた」

教導を受ける隊員は、部隊のトップとは限らない。全体の底上げも必要だからだ。昨年に巡回教導を受けた斑尾は、今年は支援する側だった。

自分は〝優秀〟の評価をもらえなかった。〝概《おおむ》ね〟が付いてしまったのだ。今年の参加者には、是が非でも〝概ね〟が付かない評価〝優秀〟を取らせたかった。自分が感じた悔しさを、後輩に味わわせたくはなかった。

昨年の巡回教導における斑尾のポジションは、ＴＤだった。ＴＤは、チームのキャプテンと言っていい。

チームのキャプテンとして、評価〝優秀〟を取るという共通の目標に向けて参加者を率いた。そして、そのなかで、チーム全員が一体感を味わった。その中心に斑尾がいたのだ。サッカーや野球に本気になって打ち込んだ経験のある人なら分かるだろう。この戦友との一体感こそ、最高の財産なのだ。

しかし、その共通の目標は、達成できなかった。斑尾は、防空戦闘における自分の戦術判断ミスが、〝概ね〟を付けられてしまった原因だと思っていた。自分のミスのせいで〝優秀〟を取った第六高射群の後塵《こうじん》を拝した。そのミスを贖《あがな》うため、今年の参加者には、何としても〝優秀〟を取らせたかった。

「副官というのになったら、指導もできないの？」

「基地は那覇のままだけど、転属だからね。もう五高群の所属じゃなくなるよ」

「そうなの。でも『人間《じんかん》到る処青山《ところせいざん》あり』って言うでしょ。その副官というのも、頑張ってみないとだめよ。頑張ってみないと、その良さも分からないんだからね」

「それって、経験？」

斑尾の両親は、とかく喧嘩《けんか》の多い夫婦だった。しかし、斑尾が高校に入ってからは喧嘩も少なくなった。その頃から、昌子は似たようなことを言っていた。斑尾は、何が起こったのか聞いてはいない。だが、何かをきっかけにして、父に対する評価を改めたことだけは聞かされていた。

「骨を埋《うず》めるなんて、悲壮な覚悟で結婚したわけじゃないのよ。『人間万事塞翁《さいおう》が馬』って言った方がいいのかしらね。嫌なことだと思うことも、後になって振り返ると、良かったと思えることとなんていくらでもあるの。だから、副官の仕事も、頑張りなさい」

やたらと四字熟語や故事成語を持ち出す昌子の声が、優しげに響いた。斑尾は、昌子の言葉にも『分かった』とは言えなかった。それでも、彼女の言いたいことを理解はできる。『分かった』と口に出せないだけだ。

斑尾は、電話を切ると、パソコンの電源を入れた。デスクに缶チューハイを置き、ぼんやりと画面を見つめる。

「やりたい事ばかりを続けていられる訳じゃないのは分かってる。でも……」

斑尾は、アイコンをクリックし、しばらく立ち上げていなかったゲームソフトを起動した。スタークラウドという名のゲームは、元々、実家の近所に住んでいたいとこがはまっていたものだ。それを見た斑尾もはまってしまい、大学時代は暇さえあればプレイしていた。

スタークラウドは、リアルタイムストラテジー、RTSと呼ばれるジャンルのゲームだ。海外、このゲームが作られたアメリカだけでなく、韓国《かんこく》で盛んにプレイされている。大学生だった当時からプロがいるほど人気がある。このスタークラウドの姉妹作とも呼べるウォークラウドと共に、今ではeスポーツの中心とも言えるゲームだった。

斑尾は、ゲーム好きではあったが、さすがに大学卒業後の進路としてプロゲーマーはないと思っていた。あまりにも生産性が感じられなかったし、何でもいいから、誰かの役に立つ仕事がしたいと思っていたからだ。

情報工学を学んでいたこともあり、ゲーム関連会社やインターネットプロバイダのようなネットワーク関連の会社を主軸に就職先を検討していた時、ネットの掲示板で変わった噂を耳にした。

イスラエル軍が、ゲームで優れた結果を出す者を、積極的にミサイル迎撃システムのオペレーターとして採用しているというものだった。アイアンドームという名称のミサイル迎撃システムは、ガザ地区などからイスラエルの都市に向けられるロケット弾を数多く迎撃していた。

リアルタイムストラテジーゲームで有名だったプレイヤーが、徴兵され、優秀なオペレーターになっていたことが理由だという。現代の高度に電子化されたミサイルシステムの操作は、ゲームと似ていることが背景にあったらしい。

その話を聞き、斑尾は、検討中の就職先に自衛隊を加えた。調べてみると、一般の大学を卒業した者が、防衛大学卒業者と合流する道があった。そして、当時、最もアイアンドームに近いシステムだったパトリオットＰＡＣ－３を運用していた航空自衛隊に絞り、申し込み期限ギリギリだった試験を受け、自衛隊入隊を決めた。

その後、ネットで見ていた噂話は、日本でも報じられるようになった。アイアンドームで、ロケット弾迎撃のエースとなった兵士は、斑尾もプレイしたことのあるウォークラウドのプレイヤーだったという。

「久しぶりだな」

スタークラウドに限らず、リアルタイムストラテジーと呼ばれるタイプのゲームは、どれも非常に頭を使うゲームだ。素早い操作も必要とする。斑尾は、リアルタイムストラテジーを知らない人に説明する時、巨大な盤面を使い、交互に打つのではなく、秒単位で早打ちする将棋みたいなものだと説明していた。

ゲームを楽しんでいた頃《ころ》は、その奥深さと戦略性に心酔していた。しかし、本物の兵器を知ってしまったら、それまで輝いていたゲームは、とたんに色あせ、まるで児戯のように見えてしまうようになった。最近では、たまに心が疲れた時にプレイするだけになっている。

「これが自衛官としての私の原点！」

ゲームが自衛官としての原点だなんておかしな話だ。だから、共にリアルタイムストラテジーのプレイヤーだと分かっている相手以外には、今でも秘密にしている。

斑尾のプレイスタイルは、一言で言えば〝堅実〟だった。大きな効果を狙《ねら》わずリスクを最小にする。そして、その中で得ることのできる最大の効果を確実に取る。

相手が短期決戦を狙ってきても、自陣の被害を抑えながら、侵攻してきた敵戦力を効率的に狩り取り、逆襲の準備を進める。敵が戦力拡大を重視した長期戦を狙っていれば、ハラスメント攻撃と呼ばれる牽制《けんせい》を行い、敵の戦力拡大を阻害しながら、自分はそれ以上の戦力拡大を効率的に行う。

結果的に、多くの場合は長期戦になる。そして、最終的に優勢な戦力で敵を圧倒する。ギャンブル要素の少ない戦い方だった。

この日も、ネット上の対戦相手と二十分以上かけて戦い、逆転を狙う相手の隙《すき》をついて敵施設を破壊し、相手の戦意を挫《くじ》いた。

酔ってはいても、ゲームが始まれば、その緊張感で頭は冴《さ》えた。相当強いプレイヤーに当たらない限り、そうそう負けることはない。

「でも、やっぱりあの時ほどには燃えないな」

斑尾が思い出していたのは、ゲームではない。痛恨の巡回教導だった。あまり思い出したくない同期の顔が頭に浮かぶ。正直、話したい相手ではなかった。それでも、斑尾の思いを分かってくれる唯一の相手でもあった。

斑尾は、スマホで電話をかけた。この時間なら、官舎に帰っているだろう。二回目の呼び出し音は鳴らなかった。

「こんな時間にゴメン。今大丈夫?」

「いいよ〜。まだ寝るには早いからね」

相変わらずの間延びした声だった。

「副官配置が決まったらしい……」

「それは……、おめでとうじゃないんだよな？」

「当たり前でしょ」

「そうか～。怜於奈んは、ゲーマーだもんな」

自衛隊内で、斑尾がスタークラウドプレイヤーであることを知っている数少ない相手の一人だった。ゲーム好きが高じて、高射運用の特技を目指したことを知っている同期の高射職域幹部の一人でもある。

「その呼び方は止《や》めて！」

「電話ならいいだろ。ナラカンじゃ、みんなそう呼んでたじゃん」

奈良《なら》幹部候補生学校を略してナラカンと呼ぶ。防衛大学を卒業して空自の部隊配置になった者や、斑尾のように一般大学を卒業して幹部候補生として空自に入った者が最初に入れられる学校だ。ちなみに、近くにあり同じくナラカンと略される奈良少年鑑別所と暮らしぶりがそっくりなことを揶揄《やゆ》している。

「その内、口を滑らせるに決まってる」

「ＴＰＯはわきまえてるつもりだけどなぁ～」

「とにかくダメ」

「はいはい。了解しました～。斑尾二等空尉殿～」

ふざけたもの言いに嘆息しながら、それに抗議することに無駄な労力を使うことは止めた。いつもこの調子なのだ。嘆息して本題を切り出す。

「梶《かじ》ヶ谷《や》は、副官配置になって、高射の職から離れることが気にならなかったの？」

電話の先で、巡回教導の防空戦闘でパーフェクトの結果を残し、評価〝優秀〟をもぎ取った男が唸《うな》っていた。

「そりゃ、群にいて戦技《せんぎ》を磨くのは楽しかったよ。それも自分一人じゃなくて、多くのクルーと連携して戦術を組み立てるのは面白かった」

梶ヶ谷の言葉は、斑尾の思いそのものだった。

「でも、空自にいたら、連携するのは同じ高射群のクルーだけじゃない。GCIO《ジーシーアイオー》やP《ピー》の連中とだって連携する」

「そりゃ、そうだけど……」

GCIは、Ground-controlled interceptの略で、地上要撃管制と訳される。Oは、オフィサー、GCIOで地上要撃管制官となるが、特技職としては兵器管制官になる。高射群の戦闘は、斑尾が務めるTDが管制するが、上空を飛行する友軍機に乗り、自衛隊内では通称Pと呼ばれているパイロットとは、DCにいるGCIOを通じて連携する。場合によってはパイロットと直接無線交信して連携することもある。

以前、航空自衛隊では戦技競技会、略して戦競《せんきよう》と呼ばれる戦闘技能を競うコンテストが行われていた。戦競は、飛行部隊、高射部隊などの区分毎《ごと》に実施されていた。巡回教導と同じだ。それが廃止され、多くの部隊が参加する演習などが重視されるようになった理由も、実際の戦闘では、部隊間の連携が重要だからだ。

「より広範な戦闘を理解するために、高射群から出るのは良いことだと思ってたよ。だから、副官の話が来た時に飛びついた。上位部隊の戦闘を知るという点では、方面隊司令部の運用課や防衛課配置の方が良かったかもしれないけど、多分、期的にちょっと早いし、そんない い話が来るとは限らないからね」

幹部自衛官の人事は、期別管理と言われる方法に依《よ》っている。幹部任官からの経過年で、概ね配置されるポジションが決まってくるのだ。斑尾や梶ヶ谷は、現場部隊での経験を一通り終え、少しだけ上位、高射群本部などで幕僚としての基礎を経験する段階だった。方面隊司令部での幕僚勤務には、そうした経験を経て、その後に配置されることが多かった。

「考え方としては理解できる。できるけど……」

「斑尾は、スペシャリスト希望だったよな？」

「まあね。そんな感じかな」

斑尾の答えに、梶ヶ谷は、一拍おいて呟くように言った。

「性格なんだろうな。斑尾は凝り性、俺は浮気性」

「だと思う……」

「最後の所は否定してくれよ！」

梶ヶ谷が、困ったような声で抗議する。

「だって、その通りでしょ。私は、スタークラウドのプロになることも考えないでもないくらいだったけど、あんたにとっては、遊んだことのある多くのゲームの一つに過ぎなかったでしょ？」

そのくせ、負け越しこそしていないものの、梶ヶ谷とのゲームは、辛くも勝っているだけであった。そこが一番気に入らない。

「まあね。俺は、未知のものを学習してゆく過程が好きなんだよ」

「そっか……」

性格、あるいは趣味の違いは如何《いかん》ともし難い。斑尾が無言でいると、梶ヶ谷は、妙に明るい声で言った。

「まあ、そんな人間から言わせてもらえば、たまには違うゲームをしてみるのもいいぞってことかな」

梶ヶ谷が言っているのはゲームのことではない。副官の話だ。彼の言葉が参考になるとは思えなかったが、斑尾の思いを理解してくれる者と話せたことで、気持ちは少し楽になった。一応礼を言って電話を切る。

「違うゲームと言っても、同じリアルタイムシミュレーションならまだしも、副官じゃ、ジャンルからして違いそう。シミュレーションでさえないな……」

＊

五高群は、弾道ミサイル対処任務に就いていたが、他の業務も並行して行っている。巡回教導に向けた準備訓練もその一つだ。

斑尾が南西空司令官の副官に内定してしまい、訓練指導から抜けざるを得なくなった。そのため、急遽《きゆうきよ》、今年の参加者に、昨年の巡回教導における防空戦闘について説明するブリーフィングが行われていた。

場所は、斑尾が勤務する指揮所運用隊の待機室兼会議室だ。窓が那覇空港の滑走路方向に面しているため、カーテンが開いてさえいれば、引っ切り無しに発着する航空機が見える。それ以外は、特徴のない会議室だ。その特徴も、今日は厚手のカーテンが閉められている関係で、意識する者はいない。プロジェクターを使用しているのだ。この場所が滑走路に近いことは、止むことのない騒音と時折流れてくる特徴的なジェット燃料の排気臭でしか分からなかった。

大学受験のために過去問を解くのと同じで、過去の教導から学び取れることは多い。今年の参加者、総勢二十人が、斑尾の話に聞き入っていた。

「さて、昨年の巡回教導シナリオと我が群の対処についての説明は、以上です」

高射の巡回教導における防空戦闘は、来襲する敵機をどのように迎撃するかで争われる。

いかに効果的に戦うか、いかに効率的に戦うか、そして何より、拠点防空火器である対空ミサイル部隊として、どれだけ拠点の安全確保ができたかだ。

当然、参加者が戦術判断に迷うようなシナリオが現示《げんじ》される。斑尾も迷わされた。そして、その判断には、ほんの少しの誤りがあった。結果として、わずかな差で、〝優秀〟を取り損ねた。

「何か質問は？」

斑尾は、演台を降りると、椅子を二十名の前に持っていって腰掛けた。

「フランクに行きましょう。何でも聞いて。異動しちゃったら、なかなか聞けないよ」

斑尾と同じ指運隊からの参加者はともかく、上位階級者に質問するとなると、心理的にもハードルが高い。多少なりともハードルを下げるために、斑尾は、自分も同じ高さに位置するようにした。

「昨年は、定量点だけの評価だったんですか？」

質問してきたのは、知念《ちねん》分屯基地にある第一八高射隊から参加している空曹だった。一八高隊の主軸となっている二曹なので、顔を覚えていた。

「教導は、定性でも定量でも評価されますが、昨年は定量評価が重視されていたようです」

定性点は、クルーの連携要領などを、評価員の感覚で評価するもの。フィギュアスケートの芸術点のようなものだ。対して、定量点は、撃破数や被弾数でカウントする。トリプルアクセルを決めれば高い点が入る技術点と同じだと考えればいいだろう。

「すると、先ほど説明のあった巡航ミサイル一発への未対処が、最終的な評価に大きく響いたのでしょうか？」

「そうです。この巡航ミサイルの飛来時には、先ほど説明したとおり、複数の脅威が同時に飛来していました。結果的に、同時対処能力が限界に達し、この巡航ミサイルには、対処できなかった」

パトリオットミサイルは、同時に複数のミサイルを発射し、脅威となる複数の目標を同時に迎撃できる。しかし、当然その能力にも限界はある。

「しかし、六高群は要対処目標の全《すべ》てに対処したと聞きました。彼らはこの状況にも対処できたんですよね？」

「ええ。全高射群の巡回教導が終わってから知らされたことですが、六高群は、我々よりも早く全力対処を始めたそうです。我々五高群は、問題となったストロボ目標を警戒し、対処の余力を残したため、それが後になって響いた、という結果です」

質問していた空曹は、まだ釈然としない顔だった。

「しかし、このストロボは、攻撃力の高い戦闘爆撃機と判断できた訳ですよね。当然、警戒すべき目標だと思います。戦術判断としては、間違ってなかったのではないでしょうか？」

　ストロボ目標というのは、強力なジャミング、つまり電子妨害を行っている目標のことだ。

「私も、以前は、同じように考えてました。全ての要対処目標に対処した六高群が、強力な電子妨害を行い、攻撃力の高いミサイルを装備した戦闘爆撃機に対する配慮を怠ったのだとしたら、たまたま結果が良かっただけで、我々の方が良い判断をしたのではないか、と」

　斑尾は、苦笑いをしながら言うと、表情を引き締めて言葉を続けた。

「しかし、それは間違いでした。全高射群の巡回教導が終了した後に群が受領した通知文書の中に、シナリオの趣旨説明がありました。このストロボは、罠《わな》の一つでした」

　斑尾たち五高群の参加者は罠に嵌《は》まったのだった。教導のシナリオには、参加者に誤判断を起こさせるような罠がちりばめられている。

「我々が嵌まったのは、最も高度な罠でしたが、それでも、その罠に嵌まったことは間違いありません。群本部の運用班長が、高射教導群の人から聞いた話だそうですが、このストロボがでる終盤まで、我々も六高群もパーフェクト対処だったそうです。差がつかなかったら〝優秀〟が二部隊も出てしまうとやきもきしていたみたいです。我々としたら、〝優秀〟部隊が多くても構わないと思うのですが、教導を行う彼らからすると、文句の付けようのない部隊が多いと、彼らの存在意義が疑問になりかねないと考えているようです。我々は、まんまと、罠に嵌められたということです」

さすがに、もう一年近く経っているため、斑尾も笑って話せるようにはなっている。当時は、悔しくてこんな風には話せなかった。

一人の質問を皮切りに、後は次々と質問が出てきた。一年前、斑尾が必死になったように、今年の参加者も必死なのだった。

＊

ブリーフィングが終了し、斑尾が片付けをしていると、自衛官としては、あか抜けた感じのする幹部自衛官が声をかけてきた。スーツを着ていれば、自衛官だと思う人はいないだろう。そのガチムチ過ぎる体格を除けば。

「いい顔してましたね」

ブリーフィングを壁際の席から眺め、時折一眼レフを構えていた南西空司令部の水畑《みずはた》一尉だ。水畑一尉は、総務部総務課で渉外広報班長の職にある。外部、沖縄の場合、主に米軍の対応とマスコミなどを相手にした広報の仕事をしているということだった。

「私にとっては、巡回教導が昨年の最も大きなイベントでしたから……」

部隊としては、弾道ミサイル対処の実働や演習など大きなイベントはいくつもある。だが、〝戦術〟にこだわって自衛隊に入った斑尾には、防空戦闘の教導は特別だった。

「なるほど」

次期副官が斑尾に決まり、広報資料にするかもしれないという理由から、異動前の状況も含めて記録を残しておくように命じられているそうだ。

「ところで」

斑尾がプロジェクターの電源を落とそうとしていると、水畑一尉が、パソコンの画面を覗《のぞ》き込んでいた。

「先ほど言っていた、このストロボ目標が罠だったというのは、どういう意味なんです？」

「ストロボが何を意味するかは、ご存じですか？」

「ええ。そのくらいは。ブレビティの一つで、確か、ジャミング、電子妨害を行っている目標のことですよね？」

ブレビティ・ワード、あるいはブレビティ・コードと呼ばれる略語は、アメリカとその同盟国、NATO諸国が共通で使用しているものだ。軍が出てくる映画でよく耳にする『タリー』（目視発見）とか『エンジェル』（高度）、『バンディット』（敵機）などという言葉がそれだ。

「もう少し正確に言うと、ノイズジャミングを行っている目標のことです。古いレーダーですと、ジャミングが行われるとレーダーが使い物にならなくなることもありますが、E

ＣＣＭ、対電子妨害性能の高い現用レーダーだと、戦闘機クラスの航空機に搭載されている電子妨害装置くらいでは、レーダーそのものの機能は生きたままです。何せ、地上機材と航空機搭載妨害装置では、電磁波の出力が違います。ですが、強力なノイズジャミングが行われていると、その妨害装置を搭載したストロボ目標までの距離が分かりません。ジャミング波は、レーダーで捉《とら》えるので、方向は分かります。でも距離が分からないので、一般的には、迎撃できないんです」

「でも、最終的には迎撃したんですよね？」

「ええ。このストロボ目標も迎撃しましたし、この目標が発射した対地ミサイルも迎撃しました」

「距離が分からないのに、どうして迎撃できたんです？」

「詳しい理論は省きますけど、こうした距離の分からない強力なジャミングを行う目標も、バーンスルーという現象があって、目標がレーダーに近づいて来ると、距離が分かるようになるんです。そうなれば、当然迎撃できます」

「なるほど」

「だから、この目標が、バーンスルーとなる距離、バーンスルーレンジにいつ入るかが問題だったんです。ＡＷＡＣＳ（早朝警戒管制機）など、他のセンサーからの情報があれば、それを当てにするのですが、この段階では、そういった情報はありませんでした。でも、このストロボ目標の方位、高低角は分かります。方位は変わらず、高低角が上昇していたので、接近してきていると判断して、もう間もなくバーンスルーレンジに入るだろうと思ったんです」

「だから、全力で他の目標への対処を始めずに、このストロボ目標を警戒して、対処のための余力を残したんですね」

「そう。でも、それは間違いでした。この目標は、急上昇していたんです。私も指運隊の他のクルーも、それに高射隊の要員も、それに気づけなかった。もっと電子戦に関する知識があれば、気づけたはずなんです。機材には、そのための機能もありました。現に六高群はそれに気づいて、早い段階で他の目標への全力対処を始めてます。結果として、彼らは、このストロボ目標がバーンスルーレンジに入り、迎撃可能となったときには、我々より余力を残していたんです。だから、我々が迎撃できなかった巡航ミサイルも迎撃できた」

「そういう意味だったんですか。ずいぶんと高度な判断をしているんですね」

斑尾は、肩をすくめてみせた。

「我々だけでなく、六高群以外は、教導を受けた全ての部隊がこの罠に嵌まったそうです。でも、気づけなければいけなかったんです。電子戦課程に行かせてもらえていたら、気づけたかもしれない。課程に入れなかったとしても、もっと勉強していたら、気づけたかもしれない。それが悔しくて……」

斑尾がパソコンの画面に視線を落としていると、不意にカメラのシャッター音が聞こえた。

「え？」

「また、いい顔を貰《もら》いました」

「いい顔じゃないですよ。みっともない！」

さすがに、もう涙は出てこない。一年近くも前なのだ。それでも、悔しさに歪《ゆが》んだ顔なんて見られたものではなかった。

「いや。自衛官としては、いい顔です。その調子で副官業務も頑張って下さい」

「どうでしょう。自衛官としては、命じられた以上は仕方ないんですが、頑張ろうという気にはなれないんですよね」

「今はそうかもしれませんが、副官は貴重な経験になるはずですよ」

水畑一尉は、笑顔を浮かべながら言った。

＊

激しい雨をついて南西空司令部の庁舎に駆け込むと、斑尾は、迷彩服に付いた雨粒をはらった。少々気が早い台風のおかげで、外は暴風雨だ。廊下の角にある姿見をチェックして総務課に向かう。

「嬉しいですよ～」

顔を出すと、またしても過剰な抑揚がついた富野三曹の声が響いた。

「歓迎はありがたいですが、個人的には、ちょっとね」

斑尾がここを訪れたのは、現在の副官から、申し送りを受けるためだった。望まぬ命令とは言え、一度制服の袖に腕を通した以上、命令は絶対だ。

「副官は、大変ですものね。分かります、分かります」

斑尾が苦笑しつつ答えても、富野三曹のポジティブシンキングには、いささかの変化もなかった。単純に、激務に尻込《しりご》みしていると思ったようだ。

「直《す》ぐにご案内しますね。と言っても、この前面接した部屋のすぐ奥なんで、近くですけど」

そう言うと、彼女は、狭い歩幅でせかせかと歩き出す。

「でも、本当に嬉しいですよ。昔から、WAFの副官付は多いですが、WAFの副官は少ないですから」

副官付というのは、副官の部下だ。副官は幹部自衛官が務める。副官付は、空曹や空士が務めることになっている。

「そうなんですか」

「ええ。司令官クラスは、今でもほとんどが男性ですし、性格やら適性を考えると、補職できるWAFの幹部が少ないんでしょうね」

初めてではないにせよ、WAFの副官はかなり少数派らしい。

「もしかして、初ですか？」

「司令官の副官としては初です。でも、南警団の前副官は、WAFでした。南西空内では、斑尾二尉が二人目ということになります」

「そうですか。私に適性があるとも思いませんが」

部隊の小隊長と副官では、職務内容があまりにも違う。企業に当てはめて考えれば、工場の部門長と社長秘書のようなものだろう。そんな異動をさせる企業はないだろうと思う。

斑尾には、現場の水が合っていた。副官に向いているとは、到底考えられない。

「そんなことないですよ。あの口うるさい黒狸《くろだぬき》が、大丈夫だろうって言ってましたし」

「黒狸……。総務部長ですか？」

「分かりますよね！」

彼女は、にんまりと笑って言った。

「決めたのは部長なんですか？」

「いえ。新司令官みたいですよ。部長や課長は、意見を付けて資料を作っただけですね。幕僚長や副司令官、それに現司令官が多少候補を絞ったみたいですが、最終的に決めたのは次の司令官らしいです」

どの部隊にも、事情通の隊員はいるものだ。だとしても、彼女はかなり詳しい。年齢的には、まだ三曹になりたてに見えるにもかかわらず。とは言え、醸している雰囲気は、既にお局様《つぼねさま》と言って間違いなかった。

「どうして、そんなに詳しいんです？」

斑尾は、直接聞いてみた。

「私、九空団で副官付をしてたんです。副官業務や副官に関係するアレコレには詳しいですよ」

彼女は、〝○○夫人〟という表現が似合うかのような顔で、笑って言った。なるほど、事情に詳しいのも肯《うなず》ける。それに、彼女の性格というか人徳もあるのだろう。誰とでも打ち解けるタイプだ。斑尾には羨《うらや》ましい素質を持っている。

「初任空曹課程を終えて戻って来たばかりなんですぅ」

空士から昇任して三曹になるにあたって、三曹として必要な知識技能を学ぶのが初任空曹課程だ。やはり三曹になりたてだったようだ。

「そうでしたか」

彼女の存在は、斑尾にとってもありがたかった。副官業務に詳しい上、男性には聞きにくい話も彼女になら話せる。

「それに、新司令官と斑尾二尉が着任すれば、クラブMが完成します！」

斑尾を歓迎してくれることは嬉しいのだが、この意味不明なハイテンションには困惑させられる。

「クラブMって、何です？」

「副司令官に幕僚長、それに現在の副官を除く副官室メンバーは、みんなイニシャルがMなんです。それに新司令官のイニシャルもM、斑尾二尉もM。なんと全員のイニシャルがMになるんですぅ。これって凄いですよね！」

「な、なるほど」

斑尾は、返答に困って納得の姿勢だけ示した。

「あ、私が言っているだけなんですけどね」

良い子なのだが、話していると疲労が押し寄せてくる。幸いなことに、すぐに面接を受けた会議室前を通過した。彼女の言ったとおり、面接で使った小さな会議室と応接室の奥、横に折れた通路の先に副官室があった。開け放たれたドアから、十畳くらいの小さなオフィスを覗く。

入って右手に二人分のデスク、これにはカウンターのようなものが取り付けられており、何やらランプの付いた表示装置が載っている。顔を上げた二人は、二曹と三曹の階級章を付けている。副官付のようだ。

奥にも、若干離されて二つのデスクがあった。正面のデスクには、木製の表示板が載っている。『副官　一等空尉　前崎信吾《まえざきしんご》』と書かれていた。右奥のデスクにも空曹がいた。

「副官、次の副官さんがいらっしゃいましたよ」

富野三曹が声をかけると、整備作業服姿の幹部が立ち上がる。がっしりとした体格、ちょっと丸顔の現副官、前崎一尉だった。

「五高群の斑尾二尉です。この度副官を拝命することになりました。なにぶん、分からないことだらけなので、迷惑をかけると思いますが、よろしくお願いします」

とりあえず、これからいっしょに仕事をすることになる副官付を含め、当たり障りの無い挨拶《あいさつ》をしておく。

「現副官の前崎だ。ほぼ必要ないと思うけど、俺も一応自己紹介しておくか」

そう言うと、前崎は立ち上がって、机の前まで出てきた。

「特技は航空機整備。三〇四といっしょにこっちに来た」

三〇四というのは、三〇四飛行隊のことだ。二〇一六年に築城《ついき》基地から移駐してきたF－15を運用する飛行隊。築城と那覇で整備幹部としての現場経験を積み、副官を勤め上げたということらしい。

「次は、希望を汲《く》んでもらって、三空団司令部に行く。南は経験したので寒冷地ってこともあるが、なによりF－35に関《かか》わりたかったからな。副官勤めをやると、次の任地希望が通り易《やす》いのは役得だぞ」

激務と言われる副官勤めを経験すれば、その次の異動先は、かなりの確率で希望通りにしてもらえるという情報は、あちこちから聞いていた。前崎も異動先の希望を叶《かな》えてもらったようだ。この点だけは、斑尾にとっても救いだった。

「で、こっちの二人が司令官車と副司令官車のドライバーを兼任している副官付、守本《もりもと》二曹と三和《みわ》三曹」

入り口右のデスクにいた二人だ。両名とも総務部長までとはいかないまでも、かなりの色黒だった。理由は聞くまでもない。沖縄で車両輸送を任務としていれば、強い日差しに焼かれ、程なくそうなる。五高群でも、野外で作業する職種に就く隊員は皆同じだった。

細面の守本は、「司令官車ドライバーの守本です」とだけ告げ、頭を下げた。三十代後半に見える。目尻には、ちょっとだけ皺《しわ》があった。口数は多くなさそう。司令官車のドライバーとなると、行動を共にすることも多いはずだ。この点はありがたかった。あまり話し好きだと疲れる。人が好《よ》さそうなのも好印象だった。

「同じく、副司令官車ドライバーの三和三曹です。一週間前に交代したばかりなので、僕も分からないことだらけです。なので、分からないことがあっても、僕には聞かないで下さい」

三和は、ちょっとはにかみがちに答える。二十代後半、年齢は斑尾と同じくらいだろう。自信なげな態度は、着任したてなこともあるようだ。

「最後の一人が専任、純粋な副官付の村内《むらうち》三曹。副官付としての経験は一番長いから、業務に迷ったら彼に聞くといい。俺も教えてもらった」

守本も三和もいい色に焼けていたが、村内は、その二人以上だった。業務で焼けただけではなさそうだ。マリンスポーツでもしているのかもしれない。

「村内三曹です。司令官が替わると業務のやり方も変わると思います。だから、私に教えられるのは基本的な事務手続きです。これまでどうしていたかは答えられますから、やり方を考えるお手伝いができると思います」

前崎は、頼りになる空曹として紹介してくれたが、村内本人は、ずいぶんと謙虚だった。

斑尾は、その理由を訝《いぶか》しんだものの、想像はつかない。

斑尾が、三人の印象を記憶に留めようと努力していると、横から富野の声が響く。

「私も、私も！」

「ああ、彼女も頼りにするといい」

斑尾は、前崎の言葉に肯いた。

「伺いました。副官付経験者だと」

「なんだ、聞いてたのか」

二人のやり取りを聞いて、富野は得意げに肯いている。

「副官は、総務と連携することが多くなります。その点、副官業務の苦労も分かっている総務課員がいるという点でもありがたいです」

口を挟んできたのは村内だ。こうした点を分かっているのも、経験故なのだろう。斑尾は、彼の言葉を理解したことを示すために首肯した。

簡単な挨拶が済むと、さっそく前崎が申し送りをしてくれた。編制、任務に始まり、日々の業務とその流れ、関係部署と調整のやり方など。

「じゃあ、行くか」

それらを一通りレクチャーしてもらったところで、前崎一尉が立ち上がる。

「どこへ？」

「挨拶回りに行こう。司令官は不在だし、今回は交代されるので、副司令官、幕僚長と各部課だな」

＊

申し送られた内容だけでも頭がパンクしそうだった。頭に入れなければならない情報の一割も吸収できてはいない。それでも、面を通してさえおけば、自衛隊の場合はなんとかなることが多い。それぞれが、自らの職責を果たしている。異動直後で不慣れな者に対して、周りがサポートするのも仕事の内だと認識されているからだ。斑尾は、メモ用に持ってきたノートを置くと立ち上がった。

「ノートはいらない？」

歩き出そうとした斑尾に、前崎一尉が振り向いて言った。

「どうせ覚えきれません」

斑尾が、肩をすくめて答えると、意外な言葉が返ってきた。

「向いているかもね。副官」

「どうしてそう思われます？」

斑尾は、小走りで追いついた。

「その瞬間の判断と思い切りの良さは、副官に必要な資質だと思うよ。確かに、一気に紹介されたところで、普通は覚えきれっこない」

斑尾は、副官に必要な資質は、丁寧な物腰だったり、緻密《ちみつ》さだと思っていた。何だかイメージと違うのかもしれない。そのあたりを詳しく聞きたいとも思ったものの、慌ただしい挨拶回りの最中に、そんな余裕はなかった。

＊

それに、その後の事件のおかげで、そんな思いはすっかり忘れてしまった。挨拶回りで防衛部の運用課を訪れると、何やら慌ただしかった。

運用課は、他のオフィスと違い、ミニ指揮所といった雰囲気だった。壁面には大型プロジェクターが指揮システムの画面や那覇基地のランウェイを映している。それらを見上げながら、何人かが電話口でがなり立てていた。

「おう、副官。ちょうど良いところに来た」

「何かありましたか？」

前崎一尉に声をかけたのは、どうやら運用課長だろうか。階級は二佐。飛行服を着ているし、その豪放磊落《ごうほうらいらく》な話し方は、いかにもパイロットという感じだった。

「災派《さいは》がかかりそうだ。石垣港沖で避難泊してた貨物船が、風に流されて防波堤に衝突した。機関部に浸水して航行が困難になってる。沈没ないしは座礁のおそれがある」

「乗員救助ですか？」

「そうだ。一一管から打診が来た。救難は出られると言ってる。正式要請が来る見込みだ」

略語も多く、斑尾には、何がどうなっているのか見当が付かなかった。どうやら災害派遣をやることになるらしい。

「指揮所は？」

「ＳＯＣに移動する。この天候だし、弾道ミサイル防衛任務にも影響が出るかもしれんからな」

「了解しました。概要報告は、私からしておきます。ＳＯＣの開設準備ができたら、連絡をお願いします」

「頼むわ」

前崎一尉は直ぐさま踵《きびす》を返し、運用課長の返答を背中で受けていた。

「戻るよ。申し送りは中断だな。でも、ちょうどいいから、斑尾二尉も来たらいい。こういう時に何をするのか見学できる」

それは、ありがたい話だった。通常業務の申し送りは受けたものの、何か起こった時は、SOCで指揮を執るという程度にしか聞いていなかった。SOCは、Sector Operation Centerの略で、航空方面隊の戦闘指揮所だ。爆撃を受けても大丈夫なように、地下に作られている。那覇基地内で勤務している斑尾は、場所こそ知っていたが、入ったことはなかった。

前崎の後を足早に追う。

「災害派遣ですよね？」

「そう。海保から派遣要請が来るみたいだな。漂流している船の乗員をヘリで吊《つ》り上げることになると思う」

頭の中で、やっと一一管というのが第一一管区海上保安本部だと推測できた。

「この天候で？」

台風は、まだ台湾《たいわん》沖にいるものの、既に沖縄全域が暴風雨に見舞われていた。距離が近い石垣島は、那覇より酷い天候になっているはずだ。

「少なくとも那覇救難隊は、飛べると判断したみたいだな。実際に救助できるかは、現場で判断するはずだ」

副官室に戻ると、前崎一尉は、三人の副官付に指示を飛ばし、副司令官室と幕僚長室に飛び込んでいった。斑尾は、邪魔にならないよう、部屋の隅で彼等の動きを見ていただけだ。

心細かった。もうずいぶんと長く自衛隊に身を置いている。しかし、同じ航空自衛隊の中でも、ここは別世界だった。

＊

前崎一尉も副官付の三人も、電話をかけまくり、どたばたと動き回っていた。そして、いよいよSOCに移動するという。

「村内三曹、最後を頼む。施錠をしてから、斑尾二尉を案内してくれ」

「分かりました」

前崎一尉の指示に応《こた》えた村内が、「もう少し待っていて下さい」と言い、カギ束を取り出し、移動の準備を始めた。

斑尾にとって、こうした平常時以外の動きを見学できることは、実にありがたいことだった。しかし気がかりもある。

「SOCの立ち入り許可は必要ないですか？」

村内三曹は、あっと声を上げた。

「防適《ぼうてき》は持ってるけど、まだ発令も出てないから、許可が必要なら、取れてないかと」

防適は、防衛適格性の略で、秘密に携わる資格のようなものだ。今まさに出発しようとしていた前崎が平手で自分の額を叩《たた》いた。

「しまった。村内、頼む」

村内三曹は、「ここにいて下さい」と言うと走り出した。前崎一尉や他の副官付も出て行ってしまったため、副官室にいるのは斑尾一人になってしまった。斑尾は、これでいいのか怪訝に思ったが、四人で任務を回していると、応用も必要なんだろうと考えることにした。

「噂どおり、こりゃ大変そうだ」

一旦上げた腰を下ろして、独りごちていると村内三曹が戻ってきた。

「臨時の許可を取りました。行きましょう」

司令官室や副官室のあるエリアを閉鎖するドアに施錠した彼に続いて、司令部庁舎の一階から、そのまま地下に潜る。当然と言えば当然だが、SOCの扉は、分厚い鋼鉄製だった。おまけに、内部が陽圧になっているのか、押し開くにも力がいるようだ。ドアに体重を預ける村内三曹に手を貸すため、斑尾も後からドアを押した。

「ＮＢＣ（特殊災害）対策なんだ」

斑尾が呟くと、村内三曹は、一瞬怪訝な表情を見せた。

「ああ、気圧のことですか。化学兵器とかで攻撃されても、ＳＯＣ／ＤＣには影響がでないようにってことらしいです」

ＳＯＣは、ＤＣと呼ばれる防空管制施設と一体になっているため、よくＳＯＣ／ＤＣと呼ばれる。当然、最重要施設なので、特殊フィルターで清浄化した空気だけを取り込み、化学兵器や近隣への核攻撃でも影響がでないように配慮されているらしい。

階段を相当深くまで降りると、やっとＳＯＣに着いた。予想と異なり先ほど訪れた運用課のような混乱はない。多くの幕僚は、自分の目の前にあるモニター画面を覗き込み、ヘッドセットを着けて小声で話していた。

そして、正面のスクリーンには、指揮システムの画面と、なぜか機動展開している五高群のパトリオットが映っていた。

「……問題は、救難活動の実施が予想される石垣港沖の海上が、弾道ミサイル防衛任務のため展開している高射部隊の眼前であることです」

スクリーン脇に置かれた演台で、幕僚が報告を行っていた。階級章は三佐、先ほどの挨拶回りでも、目にした記憶はなかった。南西空司令部の高射を担当する幕僚は、二人いたはずだが、二人とも顔と名前くらいなら知っている。斑尾が知らないということは、高射職域以外の幕僚であるはずだった。

スクリーンに映る指揮システムの画面は、石垣島南部を拡大表示していた。確かに、漂流している船を示すシンボルが、展開中の高射隊の前方にあった。

「現在、第一六高射隊が、石垣港のサザンゲートブリッジ先の新港地区に展開しており、弾道ミサイル迎撃任務に就いております。同高射隊は、現在待機中であり、レーダーは電波を放射しておりません。しかし、北朝鮮が弾道ミサイルを発射した際には、電波放射を行い、弾道ミサイルを捕捉《ほそく》、迎撃することになります」

斑尾は、この幕僚が、救難活動を行っている後何を報告しようとしているのか予想できた。強力なパトリオットの電波が、救難活動を行っているヘリに危険を与える可能性だ。

表示されている指揮システムの画面を見ると、漂流中の船舶は、展開している高射隊から二キロ以上離れている。この距離なら、ヘリに搭乗しているパイロットや救難員、それに救助される船員には影響はでないはずだ。だが、ヘリの計器やコンピューターが異常な動作をする可能性はある。通常の旅客機でも、離着陸時は携帯などの使用が制限されることと同じだ。レーダーの出力が大きいため、この距離でもヘリには危険なはずだった。もし、操縦系統に異常でもでようものなら、大変なことになる。この悪天候の中では、パイロットは必死に機体を安定させなければならないだろう。計器の異常が発生しただけでも操縦ミスを誘発する危険性は高いはずだ。

予想通り、ブリーフィングしている幕僚は、ヘリに危険を及ぼすとの回答が五高群から得られたと報告していた。

「このため、救難活動実施中は、新港地区に展開中の一六高射隊を、一時的に弾道ミサイル対処任務から外して頂くよう、航空総隊に上申する必要があります。詳細を検討します」

この一言で、SOCは一気に騒がしくなった。出張中の司令官は不在だが、最前列に並ぶ副司令官と幕僚長が言葉を交わしていたし、他の席でも声を潜めているとは言え、多くの幕僚が口々に会話していた。

「弾道ミサイル対処任務から外してくれなんて言えるのか？」

「だったら、船の乗員を見殺しにしろってのか！」

「弾道ミサイル対処は、行動命令が根拠だぞ」

「見殺しにしたら、マスコミが騒ぐ。救難優先だ。要請が来るということは、我々が最後の砦《とりで》なんだ」

「迎撃が必要な事態が生じ、それに対処ができなければ、全国で非難される。救難に対応できなくても、うるさいのは沖縄メディアだけだ。それに、そもそもこの天候だ。救難活動自体に二次被害のおそれがあるくらいなんだぞ。救助ができなくても大きな問題にはならない」

幕僚達は、口々に話していた。弾道ミサイル防衛と災害派遣が二者択一となれば、どちらも人命に関わる問題だ。判断は難しい。しかし、斑尾には、思う所もあった。高射幕僚を探してSOC内を見回していると、横から声をかけられた。

「斑尾二尉、あちらに」

その声で村内三曹の存在を思いだした。

「どこへ？」

「司令官や副司令官などのVIP控え室です。司令官がSOCで勤務中は、副官室メンバーは、そこと総務課の控え室が基本的な居場所になります」

思う所があっても、ここでは誰に話しかけて良いかも分からない。ちょうどいいタイミングだった。彼について行くと、SOCの左前方横にある開け放たれたドアからSOCを出る。そこには腕組みをした前崎一尉が立っていた。彼も、多くの幕僚と同様に、正面モニターを見つめていた。

「前崎一尉、高射幕僚は不在ですか？」

「ん？」

「弾道ミサイル防衛と災害派遣、両立可能だと思うんです。高射幕僚なら分かると思うんですが……」

「確か、二人とも展開中の部隊を視察に行ってたと思う。そんな可能性があるなら、確認した方がいいな」

前崎一尉は、そう言うとSOCの中に人混みを掻《か》き分けて行った。SOCの中でも、特に騒がしい一角に行くと、先ほど報告していた三佐の人に話しかけている。

どうなるのだろうと見ていると、振り返った前崎一尉が手招きしていた。どうやら呼ばれているようだ。勝手の分からない場所なので、ぺこぺこと頭を下げながら進む。

「こちら、運用課の総括班長、忍谷《しのや》三佐だ。両立させる方法があるなら話して欲しいって」

忍谷三佐は、どう考えても先輩のはず、当然斑尾よりも年上だ。しかし、極端な童顔なのか斑尾と同年代、見る人によっては年下だと言いそうな顔立ちだった。前崎一尉が、簡単に紹介してくれたので、遠慮しつつ口を開く。

「弾道ミサイル対処なら、低空をレーダーで見る必要はありません。高低角の制限運用を行って、捜索範囲を上方に絞れば、その下でヘリの飛行は可能なはずです」

「なるほどな。ペトリの機能で可能なんだな？」

「はい。レーダーの運用諸元を設定すれば可能です」

空自内では、パトリオットは、ペトリオット、あるいは略してペトリと呼ばれている。

「よし、じゃあ、その線で確認、報告するぞ」

忍谷三佐が声をかけると、周りに座っている幕僚たちが、一斉にヘッドセットでどこかと話し始めた。五高群や総隊司令部、それに救難隊と調整しているのだろう。

「戻ろう。後は、彼らの仕事だ」

そう言った前崎一尉に続いて、VIP控え室に戻った。

「たまたま高射幕僚が不在だったからな。斑尾二尉の助言が役に立ちそうだよ」

「いえ。役に立てれば嬉しいです。副官を命じられてしまいましたが、これでも高射のスペシャリストを目指してますから！」

斑尾は、ライバルより高いスキルを身につけ、「高射のことなら斑尾に聞け」と言われる身になりたいと思っているのだ。

「富野三曹に聞いてたけど、やっぱり副官配置は希望してないのか？」

「ええ。申し訳ありませんが……」

二人は、VIP控え室の戸口に並んで、SOCの成り行きを眺めていた。

「いい経験になると思うがな。たとえ目指すものが高射のスペシャリストでも」

と言われても、斑尾は苦笑するしかなかった。

「幹部としては、まだ二尉のひよっこでも、スペシャリストを目指していたから、今の助言もできたと思うんです」

「そうかもしれないが、いろいろと足りないものもあると思うぞ」

前崎一尉が呟くように言った言葉は、時を置かずして斑尾にも痛感させられることになった。

＊

課業終了時刻を大幅に過ぎた二十一時過ぎ、斑尾は、ＳＯＣから現在の勤務場所である第五高射群指揮所運用隊に戻ってきた。運用小隊の事務室に入り、自分のデスクに突っ伏す。

「小隊長、どうかしたんですか？」

指運隊は、那覇から機動展開せず、石垣島や宮古島に展開している高射隊を統制している。常時待機状態の指運隊には、この時間でも上番クルーが詰めている。

「ちょっと打ちひしがれているだけ。しばらく放《ほう》っておいて」

気づかって声をかけてくれる部下がいることは嬉しいものの、今は、自己嫌悪を増大させるだけだった。

結局、斑尾の助言は採用されなかった。それどころか、ＳＯＣを大いに混乱させただけだった。

斑尾は、ゆるゆると腕を伸ばし、受話器をとった。自即電話と呼ばれる電話で、自衛隊内で最も広く使われているものだ。暗号化はされていないので、秘匿を要する内容を話すことはできない。それでも、今電話しようとしている相手は、ボカした表現でも理解してくれるはずだった。ただし、この時刻なので、まだ勤務場所にいるかどうかは分からない。

斑尾が、出て欲しいと祈りながらボタンをプッシュすると、ワンコールで出た。

「は〜い。北空司副官、梶ヶ谷二尉です」

そのポジションの重要性にもかかわらず、相も変わらずの間延びした口調だった。

「私、五高群の斑尾」

「お疲れ。そっちは大変だな。今日の上番か？」

二十一時を回っている。弾道ミサイル対処任務のための泊まり込みだと思っているのだろう。

「違う」

「どうした。えらい暗いじゃん」

確かにダークだった。南西空司令部に大迷惑をかけてしまったのだ。斑尾は、助言をした経緯を、かいつまんで話した。電話の相手、梶ヶ谷二尉は、同期の高射幹部だ。秘に触れるような情報を口にしなくても、大雑把な話し方で、斑尾の言いたいことは理解してくれる。

「あんただったら、どうしたと思う？」

梶ヶ谷は、しばらくう〜んと唸った後に、口を開いた。

「高低角制限すればいけると思うけど、天候、というか風向が気になるな。風向はどうだった？」

斑尾の胸の内には、微《かす》かな怒りというか、妬《ねた》み、いやそねみだろうか、が芽生えた。答えの代わりに、大きく嘆息する。

「どうした。風向はどうだったの？」

また後れをとったのか。

巡回教導の防空戦闘で差をつけられ、また今回も後れをとった。

「あんたの考えたとおりよ。漂流船から、高射隊の方向に吹いてた」

ヘリが要救助者がいるポイントに強風の中で近づくためには、風下から近づくことが必要だ。ヘリは、風上に機体を向けたまま、横から近づくこともできる。だが、今日ほどの強風だと、風とヘリの移動量を合わせることが困難になる。ましてや、機体を風上に向けながらバックするなど論外だ。瞬間的な変化も大きい強風の中では、ヘリは風下からアプローチしないと危険なのだ。それはつまり、高射隊の真上を飛ぶということだ。レーダーの高低角制限をしたところで、真上を飛んだのではレーダーの電波を至近距離で浴びることになる。それこそ、非常に危険なことだった。

救難隊から、進入ルートを報告された時点で、ＳＯＣでもその事実に気が付いた。結果的に、それからドタバタと上級部隊である航空総隊と調整が行われた。そして、弾道ミサイルが発射されたとしても、沖縄を飛び越える可能性が高く、対処が必要となる可能性は低いという理由で一時的に災害派遣が優先されることになった。

「救助が終わった後で、今の副官に言われたの。高射のスペシャリストを目指すとしても、もう少し広い知識を得た方がいいって。私は、孫子《そんし》で言うところの『彼を知らずして己を知れば一勝一負す』だって」

孫子に『彼を知り己を知れば百戦して殆《あや》うからず。彼を知らずして己を知れば一勝一負す。彼を知らず己を知らざれば戦う毎に必らず殆うし』とある。自分のことも敵のことも知っていれば、百回戦っても敗れることはない。自分のことしか知らなければ勝率は五十パーセントでしかない。当然、自分のことも知らなければ全敗する、という意味だ。

「だから、副官をやってみることにする」

斑尾は、決意を込めて言った。何かが吹っ切れた気がした。

「それで、電話してきたのか」

「まあね」

「俺も、それがいいと思うよ。実際、副官をやってみると、毎日ものすごく勉強になる。今のヘリの話だって、副官をやってなかったら、思い付いたかどうか分からない。前にゲームの勝敗の話をしたことがあったけど、俺がスタークラウドでもそこそこやれるのは、いろんなゲームをやってきたからってのが大きい」

憎たらしい相手だったが、そう言ってもらえると、やはり嬉しかった。完璧《かんぺき》に負けている訳ではない。たまたま、副官という配置になったことで、梶ヶ谷の方が、ちょっと早くから高射以外のことも勉強していただけなのだ。

「じゃあ、これからまた競争ね。巡回教導では、電子戦課程のおかげで負けたけど、副官として、航空作戦全般の勉強では負けないわ」

これは、斑尾にとっての宣戦布告だった。同期として、助けてくれる存在ではあるものの、それ以前に、何よりのライバルなのだ。

「何も、そんなに勝ち負けに拘《こだわ》らなくてもいいんじゃないか？」

「何を言ってるのよ。自衛官が勝負に拘らなくて、一体何に拘るというのよ！」

梶ヶ谷は、「なんだかな～」とぼやいていた。

「まあ、分かったよ。とりあえず、頑張ろう」

「ええ」と答えた斑尾は、最後に聞き捨てならない言葉を聞いた。

「あ、でも、巡回教導の結果に電子戦課程は関係ないぞ。電子戦の知識でバーンスルーレンジに入らないことを察知したんじゃないからな。高度を上げれば、対地ミサイルの射程が伸びるし、戦闘爆撃機のパイロットとしてもミサイルを撃たれる可能性を下げられるだろうから、直近で上昇する可能性が高いと読んでただけだから」

「え？」

斑尾は、梶ヶ谷に敗れた理由は、電子戦知識の差だとばかり思っていた。

「航空作戦全般の知識が、俺の方が上だったってことだよ。ちょっと早く副官になったことで、またちょっと差が開いたかもしれないけど、頑張って追ってこいよ」

斑尾は、手にしていた受話器を、思い切り電話機に叩き付けた。

「いい気になるなよ。このクソ野郎！」

第二章　これも副官の仕事？

最上階の八階に着き、エレベーターのドアがゆっくりと開いた。斑尾に続いて、副官付として部下になった守本二曹と総務課から応援で来てくれた富野三曹が廊下に出る。全員、自衛官の〝準〟制服とも言えるジャージ姿だ。手には、清掃用具を入れたポリバケツを下げている。小ぎれいな廊下の先には、避難階段に出る非常口の他《ほか》に、ドアが二つしかない。最上階であるこのフロアには、二世帯しかいないということだ。下のフロアでは四室あった。当然、間取りにはかなり余裕があるはずだ。

「あっちですか？」

斑尾が目指す奥側のドアには、セロテープで張り紙が貼《は》られていた。

「はい。お隣には声をかけてあります。まあ一応の措置です」

斑尾の問いかけに、守本二曹が答えた。那覇勤務は六年目だと言っていた。特借《とっかり》のマナーにも慣れているようだ。副官付になる前は、同じ那覇基地に所在する九空団の管理隊で車両での輸送任務に就いていたそうだ。

「お隣も自衛官？」

「いえ。このマンションで借上げられているのは、司令官の部屋だけです」

「そうなんだ。珍しいね」

斑尾たちは、那覇基地からほど近い高台にあるマンションにいた。司令官官舎となっている特借だ。特借になっている建物は、多くの場合、複数の部屋が防衛省によって借上げられている。

「格の関係です。それと、リスク回避、つまり分散防護ですね」

「なるほど」

南西航空方面隊司令官は、在沖縄自衛官のトップだ。副司令官や那覇基地司令を兼ねる九空団司令の特借よりも、ハイクラスな部屋を借上げているということだろう。それに加え、テロなどで被害を受けても、上級指揮官が一度に複数死亡するといったリスクを避ける意味もあるらしい。

斑尾がドアの前まで来ると、ついてきているはずの富野三曹がいなかった。見回すと、エレベーターの前でこちらに手を振っている。見送るつもりらしい。斑尾は、ため息をつくと、目の前にある張り紙を見た。そこには、『注意！　燻蒸《くんじょう》殺虫中』と書かれていた。前司令官の引越しで荷物を搬出した後、燻蒸式の殺虫剤を使ったのだ。

富野三曹は、見たくないのだろう。斑尾とて同じだった。

「私が片付けましょうか？」

富野三曹の様子を見た守本が言う。とは言え、この場では、斑尾が最先任者、つまり指揮官だ。

「いえ。やっぱり指揮官先頭じゃないとね」

斑尾の言葉を聞いた守本二曹は、苦笑いしていた。

「こんな所で指揮官精神を発揮しなくてもいいとは思いますが……」

斑尾は、肩をすくめてみせると、ドアの鍵《かぎ》を開ける。そして、大きく息を吸い込んで止めた。守本二曹も息を止めたことを確認して、一気にドアを開ける。

部屋に踏み込むと、床に点々と転がる黒いものを踏まないように、目にしないように気をつけながら、奥に進み、次々と窓を開ける。もう開いてない窓がないことを確認すると、バルコニーに飛び出し、深呼吸した。隣に守本二曹もやってくる。

「八階でもいるんだねぇ」

「このマンション、高級とは言え築十年以上ですし、バルコニーも広いですからね」

床に転がる黒いモノ、それは沖縄名物の巨大〝G〟だ。階が上がると見かけることは少なくなるし、最近の気密性の高い建物では入って来ることも少ない。残念ながら、司令官用の特借では、こいつらの侵入を阻止できなかったようだ。

「それにしても、広いし、良い眺めだね」

司令官用の特借なので、当然ながら部屋は広い。だが斑尾が言ったのは、バルコニーのことだった。いわゆるルーフバルコニーというものだろう。最上階だけは、部屋数が少なく、階下の部屋の天井が、バルコニーになっているのだ。

バルコニーは東向きで、基地越しに滑走路と海が見えた。

「バーベキューもできます」

「やったの？」

「ええ。副司令官の歓迎会とかで何回か。我々はスタッフですが、お相伴にあずかれる時もあります。道具は、そこに揃《そろ》ってます。後で確認しといて下さい」

守本二曹が指差した隅には、小ぶりな鋼製物置が置かれていた。

部屋の換気が終わる頃《ころ》を見計らって、斑尾と守本二曹は、箒《ほうき》とちり取りで〝G〟を処分した。処分が終わると、富野三曹を呼び込んで、本格的な掃除を始める。食器棚やソファは、前司令官の引越し後にも残されている。なんでも、以前の司令官からの申し送りらしい。そうしたものを含めると、掃除しなければならないところは、結構多い。とは言え、大して汚れてはいない。

「大分掃除してあったみたいだね」

斑尾が掃除機をかけながら言うと、キッチンでシンクを磨いていた富野三曹が腰を伸ばした。

「奥様が来られて、引越し準備と掃除をしてらしたみたいです」

前司令官も、明日到着する予定の新司令官も単身赴任だ。立つ鳥跡を濁さずが自衛官の基本とは言え、かなり忙しいスケジュールで異動したと聞いている。司令官の妻も大変だ。

「新司令官の奥様は、来られないんですよね？」

確認の声は、クローゼットの奥に頭を突っ込んだままの守本二曹だ。

「ええ。空幕からのメールでは、一人で来られると書いてありました」

そのため、明日は、空港で司令官を出迎えた後、到着する荷物の運び込みと荷解《にほど》きを手伝う算段を整えている。司令官が不要だと言えば別だが、明後日から夜も含めて仕事が目白押しだ。一人では到底間に合うはずがない。

「夫婦仲が良くないんですかね？」

守本二曹の疑問に、噂話《うわさばなし》に目がないらしい富野三曹が口を挟む。

「どうなんでしょう。でも、昔は、むっちゃもてたって聞きましたよ」

斑尾は、司令官しか来ないならば、手伝わなければならないという実務しか考えていなかった。ある意味、自分の視野の狭さを実感させられるのは、度々起こる、こういう時だった。それに、帯同しない理由も、よくあるものでもあった。

「お子さんが大学生みたい。奥さんは、子供の面倒を見るらしいよ。単身赴任する自衛官の一番の理由は、子供の教育だし、よくあるパターンなんじゃない？」

そう言いながら、斑尾は、新司令官の写真を思い出した。

「でも、パイロットであの風貌《ふうぼう》とくれば、確かにもてただろうね」

VIPの場合、異動や業務で他の部隊を訪れるにあたって、事前にバイオグラフィーと呼ばれる経歴や嗜好《しこう》が記された資料を送る。迎える側が、準備をぬかりなく行うためだ。通常、バイオと略されるそれには、当然ながら、顔写真も入っている。異動に備えて、前任地の空幕から、南西空司令部に届いていた。

「ですよね。さすがにお年だけど、今でも渋いオジサマって感じが素敵です」

富野三曹は、両手を握り合わせて天ならぬ天井を仰いでいた。

「初部隊が沖縄みたいですね。やっぱり、懐かしいんですかね」

守本二曹のくぐもった声が響く。

「どうだろう。その後は沖縄配置がなかったみたいだけど、パイロットは転地訓練も多いから、異動後も何度か来てるんじゃないかな」

どんな人なのだろう。

斑尾は、超VIPに接したことなどない。人並み程度には人付き合いができるとは言え、不安はぬぐえなかった。しかし、考えてみたところでどうにかなるものでもない。斑尾は、不安を打ち消すためにも手を動かした。

＊

午前九時三十分。斑尾は、那覇空港の到着ロビーに立っていた。ジーンズにTシャツというラフな出で立《いた》ちで、『溝ノ口　様』と、司令官の名前を書いたプラカードを掲げている。司令官は、羽田を六時二十分に離陸する始発のＪＡＬ便に搭乗していたはずだ。機は、予定通りに到着している。そろそろロビーに出てきても良い時刻だった。

斑尾が、きょろきょろとしていると、背の高い壮年の人物と目が合った。半袖《はんそで》のポロシャツにチノパンというスタイルだったが間違いない。バイオで見た溝ノ口司令官だった。

「斑尾です」

私服で敬礼することはない。斑尾は、軽く会釈して名のった。

「溝ノ口だ。よろしく頼むよ。副官」

副官付や富野三曹から『副官』と呼ばれることにも慣れていない。溝ノ口から言われると、何とも言えないこそばゆさを感じる。

「お持ちします」

斑尾は、そのこそばゆさを振り払うためにも、溝ノ口が持っていた小さなボストンバッグに手を伸ばす。しかし、溝ノ口は、バッグを持っていた手を引っ込めてしまった。

「この位は自分で持つ」

斑尾が「しかし」と口にしかけると、溝ノ口は、眉根《まゆね》を寄せて言った。

「格好悪いだろう。介護が必要な年寄りじゃないんだぞ」

そうまで言われると、無理に引ったくるわけにもいかない。

「では、こちらに」

斑尾は、先に立って歩いた。駐車場で、守本二曹が待っている。時折左後方を見やると、溝ノ口はしきりに周囲に目を回していた。

「変わったなぁ」

視線を追うと、溝ノ口はターミナルビルに連接するモノレールを見ていた。ゆいレールは、開業して十五年以上経《た》っている。当初は、那覇空港から焼失してしまった首里《しゅり》城あたりまでの路線だったが、延長され、現在では浦添《うらそえ》市のてだこ浦西《うらにし》駅まで運行している。

「あまり来られていなかったのですか？」

「来てはいるが、官用機だからな。民航のターミナルは久しぶりだ。もしかすると、那覇から出た時以来かもしれないな」

ターミナルビルは、決して新しくはない。それでも、私用で沖縄に来ていなかったのなら、意外と物珍しい光景が多いのかもしれなかった。

「引越し業者に確認した所、予定より若干遅れて、荷物の到着は、十一時三十分頃になりそうとのことです。少し周囲を回りますか？　食事をするには早すぎると思いますし」

「お！　気が利くな。適当に回ってくれるか」

「了解しました！」

思わず、声も大きくなる。些細《ささい》なこととは言え、新しい業務で誉《ほ》められると気分が良かった。

ターミナルビル隣の駐車場に到着し、駐《と》めてある司令官車、日産フーガに向かう。ちなみに、副司令官車はクラウンだ。車両にも微妙に格の差を付けてあるそうだ。

守本二曹に告げ、基地周辺を回ってもらう。溝ノ口を後席に乗せ、斑尾は助手席に座る。司令官はどの座席に掛けてもらうのか、自分はどこに掛ければいいのか、そうしたことも新米副官の斑尾は知らなかった。車両の格のことも含め、守本に教えてもらったばかりだった。

守本二曹がハンドルを握る司令官車は、空港を出て、一旦《いったん》北に折れた。陸自の駐屯地《ちゅうとんち》前を抜けて、奥武山公園《おうのやまこうえん》を廻《まわ》る。

「きれいになったなぁ」

「司令官の那覇勤務時にも、あったのですか？」

奥武山公園は、かなり昔から大きなイベントで使われている運動公園だ。ＮＡＨＡマラソンのスタート、ゴール地点でもある。

「当たり前だ。返還前からある公園だぞ」

なるほど。しかし、今ほどには整備されていなかったのだろう。

車は、奥武山公園から南に丘を登り、海軍壕《かいぐんごう》公園の近くを通って、那覇市の南側に隣接する豊見城市に入る。そして、溝ノ口が一番変わったと言った、空港南側にある瀬長島《せなが》を終点として、特借に向かった。

「ちょっとここを右に曲がってくれんか」

車が、斑尾の特借がある宇栄原《うえばる》に差しかかった頃、急に溝ノ口が言った。守本二曹は、慌てることもなくハンドルを切る。

「どうかされましたか?」

「昔、このあたりに住んでたのさ。ＢＯＱに入れなくてな」

ＢＯＱは、Bachelor Officers' Quarters の略、独身幹部宿舎だ。基地内にあるが、数は絶対的に足りていない。おかげで、斑尾のように、独身でも特借に入ることになる。昔は、尚《なお》のこと足りなかったのだろう。

「私も、この先に特借があります」

車は、〝ゆんた〟の近くを通り過ぎた。溝ノ口は、斑尾の特借に近いところに住んでいたようだ。

「明るい内に来るのは本当に久しぶりだ。変わらないな。このあたりは」

溝ノ口の感慨深げな呟《つぶや》きを聞きながら、車は小禄《おろく》にある司令官の特借に向かった。路地脇《わき》にある幼稚園に、大きな赤い花がいくつも見えた。ハイビスカスだ。

*

引越し業者は、聞いていた時刻よりもさらに遅れ、十二時を回ってから到着した。やはり少々時間にルーズな沖縄タイムだった。

大きな荷物の運び込みは、業者がやってくれたが、荷解きもやってしまわないと生活は始められない。明日は、もう溝ノ口の登庁日なのだ。

「悪いが頼む」

溝ノ口の言葉に応《こた》え、斑尾や守本だけでなく、今日も手伝ってくれた富野三曹と共に、段ボールから荷物を取り出し、クローゼットやキッチンの収納スペースに押し込んでゆく。

一通りの作業を終えたのは、午後三時を回ったところだった。終了直前に、溝ノ口から万札を渡され、斑尾は近くにある弁当屋に走った。全員の遅い昼食と溝ノ口の分は夕食も含めて買ってきた。全国チェーンの弁当屋だが、沖縄ローカルメニューもある。昼食用に買って来たのはゴーヤ弁当だった。ゴーヤの苦みが、引越し作業で疲れた体に効く。

掃除が終わると、弁当を食べつつ、簡単な茶話会だ。斑尾は、その場で明日のスケジュールも説明した。とは言え、斑尾も実質的な内容は、全く分かっていない。資料を作った副官付、村内三曹の受け売りを口にしただけだ。

「分かった。まあ、普通だな」

まるで棒読みの斑尾の説明に、溝ノ口は我が意を得たりといった風に応えた。どうやら、一般的な登庁初日のスケジュールであるようだ。

弁当を食べ終わると、斑尾たちは司令官の特借を辞した。

「それでは、明日またお迎えに上がります」

「ん。よろしくな」

カジュアルスタイルのまま、頭を下げると、マンションの玄関に向かう。車寄せで富野三曹と共に、一足先に基地に戻った守本二曹を待つ。普通の官用車に乗り換えて、迎えに来てくれることになっていた。富野三曹から副官付時代の話を聞いていると、彼女が急に緊張した声を上げた。

「副官、右手にある自販機の奥を見て下さい。でも、視線を向けないように気をつけて」

斑尾は、言われたとおり、視線を向けないように気をつけながら注意だけを向けると、まるで身を隠すようにしてこちらを窺《うかが》っている中年の女性がいた。

「見た。何なの、あの人？」

「司令官の行動を見張っている活動家の人らしいです。近くに住んでいて、たびたびこの特借近くで目撃されてます」

「マジ？」

「マジもマジ。大マジです」

どうやら、監視だけで、それ以上のアクションはしてこないらしい。それだけに、手の打ちようもないのだろう。とは言え、斑尾には気になることもあった。

「引越しの手伝いをしたのは、マズかったかな？」

司令官がいくら多忙とは言え、引越し自体は、公務ではない。業務中の斑尾たちが手伝ったことは非難のネタにもなりかねなかった。それに、司令官車まで出しているのだ。

「それは大丈夫ですよ」

「どうして？」

斑尾には、富野三曹の言うことが理解できなかった。

「司令官の特借、広かったですよね。バルコニーも含めて」

「ええ、そうね。空将とは言え、こんなに広いなんて驚いたもの」

「司令官の特借は、一部がコウテイ扱いらしいです」

高低？　行程？　肯定？　いや、違う。

「公邸？」

「はい。総理官邸とか、大使公邸とかと同じ類なんですって」

「つまり、官舎であるだけじゃなくて、執務室だってこと？」

「らしいです。さっき、お弁当を食べた部屋がありましたよね？」

確かに、備え付けのソファとダイニングテーブルが置いてあった部屋があった。斑尾は、無言で肯《うなず》いた。

「一応、あそこは会談とかに使うスペースという建前らしいです」

「なるほど」

公邸ならば、斑尾たちが業務として掃除や引越しを手伝っても、なんら問題はないはずだ。

「それに、バルコニーも公邸の庭という扱いみたいです。実際、外の人を呼んでバーベキューとかしてますし」

それなりに、公邸としての使用実績もあるのだろう。であれば、掃除も引越し手伝いも問題はない。

守本二曹が官用車を回してくると、二人は至って普通のライトバン、ナンバーだけが自衛隊仕様の官用車に乗り込んだ。富野三曹が助手席に乗り込み、斑尾は後席に腰掛ける。

「でも、さっきの件は、報告しておかないといけないよね。報告するのは、総務課長でいいのかな?」

「さっきの件って、活動家のことですか?」

「そうよ」

「えと、どうでしょうか。総務は、司令官が関係する行事は担当してますが、活動家のことかは……」

思い出した。総務課は、関係することは多くても、副官業務に関して指揮をしている訳ではない。副官は、どの部にも属していない。ただ、司令官のみに隷属しているのだった。もちろん、各部は助けてくれるのだろう。しかし、副官の仕事については、斑尾が自ら考え、責任をもって行動するしかないのだ。

引越しの手伝いを非難される可能性については、ちゃんと建前があるにせよ、叩《たた》かれるとしたら、対応をしなければならないのは、〝広報〟の担当だろう。渉外広報班長の水畑一尉に連絡しておく必要がある。

活動家は、監視しているだけのようだ。それならば、実害は生じないとしても、そうした活動が行われていることをデータとして積み上げておく必要があるはずだ。司令部の組織で、そうした〝保全〟の担当は、防衛部の調査課だと先日聞いた。確か、保全班長という役職があったはずだ。まだ顔も覚えていないものの、後で保全班長に連絡しておかなければならない。

予想以上に大変な仕事についてしまったかもしれない。上司がいるということは、怒られることもあるだろうが、指導してもらえるということでもある。副官の責任は重大だった。自ら考え、行動しなければならなかった。

前副官の前崎一尉からは、副官はＳＰでもあるとも言われていた。過去、自衛隊の高級幹部がテロの対象になったことはない。しかし、警察庁長官が拳銃《けんじゅう》で狙《ねら》い撃たれた事件もある。活動家の行動が監視だけならば良いが、時と場合によっては、司令官の身も守らなければならないらしい。前崎一尉から申し送りを受けた時には、ほとんど聞き流していたものの、こんなことを知ってしまうと、考えざるを得ない。考慮すべきことが多すぎて、目が回りそうだった。

「鉄板入りのスーツケースまでは要らない……よね？」

斑尾は、冗談交じりに独りごちた。

＊

司令官の初登庁日は、慌ただしいどころか、目まぐるしく過ぎ去った。とは言え、特筆するほどのトラブルはなかった。斑尾にとって、初めて経験することばかりで、自分がやっていることが正しいのか、問題があるのか分からないことがストレスだった。

特借での出迎えでは、溝ノ口にからかわれた。

「副官、右手と右足が一緒だったぞ」

一挙手一投足を自衛隊流に染め上げて久しい。今さらそんなことはないはずだと思ったものの、やらかしていない自信は持てなかった。

「冗談だ。気楽にやれ」

　その一言で、多少は気が楽になった。それでも、司令官車の助手席に座って、基地の正門を通過する時には、またしても緊張した。ゲートを守る警衛隊員が並んで敬礼している。答礼は、敬礼されている司令官だけだ。斑尾は、助手席で姿勢を正したまま石になったように固まっていれば良いのだが、何もしないというのも、また緊張するものだった。

　基地に到着後は、ひたすらに目まぐるしい一日だった。着任式は、敬礼などの礼式さえ分かっていれば、どこでも同じようなものだから、まだ良かった。冷や汗をかいたのはその後の関連行事だった。

　着任式に続いて行われたのは司令部巡視。まだ何をどうすべきか分からなかったが、そこは副官付が教えてくれた。

「司令官を先導して各部の長に引き合わせれば、部内の各課には、部長等が案内してくれます。副官は、部と部の間を先導だけすれば大丈夫です。余裕があれば、次の部に合図でもしてやって下さい」

　村内三曹の話だけを聞くと、しごく簡単に思える。しかし、実際に巡視が始まると、歩く時の司令官との位置関係など、立ち位置からして不安が尽きなかった。それでも、特に怒られることもなかったことを考えれば、大きな問題はなかったらしい。

　実際に業務を始めると、副官とは何であるのか、なんとなく分かってきた。一般の秘書とはやはり違う。司令官を補佐するだけではなく、司令官の補佐機構である司令部全体を動きやすくしてやる潤滑油のようなものらしい。

とは言え、次の部に合図と言っても、大声を出すこともできない。最初の部だった総務部の巡視が終わりそうになると、廊下に顔を出してこちらを見つめている人影を探す。次の巡視先である防衛部前の廊下に人影が見えた。あと一分ほどだろうと思えたので、指を一本立てて頭上に掲げる。人影が手を挙げたので、何とか通じたようだ。

ところが、司令官の旧知の人がいたためか、援護業務課の巡視が長引いた。結局、斑尾は、あと一分の合図を三回だすはめになった。

「申し訳ありません。援護業務課が長引いてしまって」

移動した防衛部で頭を下げることになってしまった。

「よくあることだ。気にすんな」

先日も迷惑をかけてしまった忍谷三佐は、この日も気さくに言ってくれた。

ともあれ、ただの巡視ではあったが、斑尾にとっては、興味深いものでもあった。先日、前崎一尉に案内されて各部を廻っていたものの、簡単な挨拶《あいさつ》だけで、各部に何があり、何をしているのか細かく聞けてはいなかった。しかし、司令官の巡視となると、防衛部の調査課など、厳重に機密情報を管理している部屋や秘匿度の高い情報を扱う専用端末についても司令官に事細かく説明される。司令官の間近に立っている斑尾にも、それははっきりと聞こえた。

＊

「いろいろ見られるのは役得だね」

巡視が終わり、副官室に戻ってくると、斑尾は、電話番をしてくれていた村内三曹に言った。村内三曹は、まだ三十を越えたばかりだったが、副官室勤務が一番長い。

「確かに役得かもしれませんが、必要なことです」

「必要？」

「ええ。副官は、司令部中のことを理解しておいた方がいいです。多分、今日の巡視で見たものを思い出すことも多いと思います」

「なるほど」

前崎一尉にも、同じようなことを言われた気がする。確か、副官は、司令官の考えを先読みするくらいのつもりでいないといい仕事ができない。そのためには、あらゆることを知っている必要があると言っていた。

「この後の状況報告も同じです。巡視は司令部内のことだけですが、状況報告では南西航空方面隊全体のことが報告されます。極力メモしておいた方がいいです」

「そうね。でも、入っていいのかな？」

「もちろんです。副官の椅子《いす》は、壁際に置いておきました。司令官席の左後方です。スクリーンが少し遠いですが、見やすい位置です」

「そうか。ありがとう」

「いえ。これも必要なことですから。少し落ち着いてからなので、もう少し先になりますが、部隊の初度視察でも同じです」

副官は、秘書みたいなものというより、司令官に最も近い総合幕僚《ばくりょう》なのだと思えた。

＊

着任時の状況報告は、着任したばかりの指揮官に、指揮官としての仕事を行ってもらうための全般報告だ。

各部毎《ごと》に、南西航空方面隊全体について報告していた。部隊の状況はどうなっているのか、課題は何なのか、これから行わなければいけない事業には何があるのか等々。

例えば、総務部の人事課は、各部隊の充足状況、つまり定員に対して、実際に配置されている隊員は何人なのかとか、異動は適切に行われているのかなどを報告していた。

沖縄県と一部鹿児島の島嶼《とうしょ》が担当区域となる南西航空方面隊にあっては、マリンレジャーを好むような若者の人気は高いものの、結婚して子供がいるような隊員には、子供の教育問題などが原因で敬遠されがちだ。そうしたことは、斑尾も現場の部隊経験から承知している。それでも、五高群は沖縄本島に部隊があるため、まだマシだったようだ。離島では、そうした人事面での課題も、より大変らしい。

　人事課を含め、総務部の報告は、斑尾にも大体は理解できた。しかし、防衛部や装備部の報告では、頭の中にクエスチョンマークが乱舞していた。五高群に関連する話は問題なかった。航空機やレーダーサイトに関する話題が理解できないのだ。

　知らない専門用語や略語が多すぎた。それらは、後で勉強しなければならない。そのため、必死にメモを取ろうとしたものの、そもそも聞き取ることさえ難しかった。

　後で聞いたところ、エンジンランナップ・サプレッサーというジェットエンジンの点検用設備のことも、報告していた整備課のブリーファーが『エンジン』を省略したこともあって、ランウェイ・プレッサーと聞こえ、滑走路を平坦《へいたん》にするための機材かと勘違いしたくらいだ。「ランウェイ・プレッサーって何？」と問うと、守本達は目を丸くしていた。

「やっぱり、こりゃ大変だわ」

　斑尾は、状況報告が行われた会議室の隅で、一人呟いた。

＊

　斑尾にとって拷問とも言える状況報告は、昼食を挟んで夕方まで続いた。その後、急ぎで司令官に決裁してもらいたいという数人の幕僚が司令官室に入り、やっと司令官が帰路に就く頃には、斑尾は疲労困憊《こんぱい》していた。

「副官。顔がやつれてるぞ」

司令官車が基地のゲートを出ると、溝ノ口が後部座席から声をかけてきた。

「すみません。仕事らしい仕事は何もしていませんが、何せ慣れないもので、正直に言って疲れました」

「まあ、そうだろう。何事も経験だ。直《す》ぐに慣れる」

「はい。鋭意努力します」

「そう肩肘《かたひじ》張らないことだな。守本二曹は、どのくらいで慣れた？」

「司令官車ドライバーとしては、一ヶ月くらいで慣れました。車両輸送員として運転自体は本職ですから。ただ、副官付としての仕事に慣れたのは一年位経ってからです。それに、今日も少し緊張しています」

「俺は細かいことは言わないぞ」

溝ノ口は、笑いながら言った。意図的なのかもしれないが、少なくとも、車内では気さくな感じで接して良さそうに思えた。とは言え、その後も溝ノ口と守本二曹が談笑する中に、斑尾はなかなか入りきれなかった。精々が、意味のない相づちくらいしかできない。

少しだけ緊張が解けたのは、司令官を特借に送り届け、マンションの入り口を出た時だ。緊張が和らいだことで、斑尾は、先日の活動家を思い出した。そして、彼女を見かけたあたりに視線を流すと、またもやそこに人影を見つけた。しかし、どこか雰囲気が違う。

活動家というよりは、上品なマダムといった感じだ。

「見つめないようにして、自販機の陰にいる人をチェックして」

司令官車の助手席に乗り込むと、守本二曹に声をかける。守本二曹は、静かに車を発進させた。

「見ました」

「この前見た活動家の人とは、別人だよね？」

「女性は、髪型一つでずいぶんと変わって見えるので、はっきりとは言えませんが、確かに違う人っぽかったですね」

「だよね。写真を撮る訳にもいかないし……」

「一度きりなら、その手の人とも言い切れないですしね」

「そうだね。覚えておくようにしよう。あと、活動家の可能性もあるから、調査課に通知だけはしておいた方がいいかな」

斑尾は、またもや増えてしまったストレスを吐き出すため、流れる景色を眺めながら嘆息した。

＊

翌日、特に行事の予定はなかった。行事を入れないように計画したそうだ。司令官の交代に伴って、決裁が遅れている案件が多く出てくるだろうと予想されていたためらしい。

実際、そのとおりだった。朝から副官室前には決裁待ちの幕僚が長蛇の列を作った。

「椅子を出そうか」

「あんなに大勢で目の前に立っていられると、やっぱり落ち着きませんね」

斑尾が提案すると、守本二曹も賛成してくれた。会議室からパイプ椅子を持ってきて、副官室前の廊下に並べる。

「何の文書ですか？」

斑尾は、ひときわ大量の資料を抱えた幕僚に声をかけた。前任の前崎一尉から、司令官に報告されたり、決裁をお願いする文書は、極力、概要を知っておくべきだと申し送られていたからだ。

「総合訓練の準備構想」

その幕僚は、肩をすくめながら答えてくれた。

「準備構想ですか」

総合訓練は、秋に行われる。そのための文書らしい。

「ああ、大きな訓練だから、今のうちに大枠を司令官から了承して頂く必要がある。その後に、部隊とも調整して細部を決めることになる」

「なるほど」

もちろん斑尾も、総合訓練に参加したことはある。だが、現場しか知らない身なので幕僚経験はない。そうした司令部の動きには疎かった。全《すべ》てが勉強だった。

＊

行事はなくとも、今後のスケジュールを組んだり、決裁の合間に司令官の休憩用にお茶を出したり、司令官から誰かを呼んできて欲しいと頼まれたり、雑多な用事が実に多かった。斑尾は、それらにいちいちあたふたとしながら対応した。

「こんなのに慣れる日がくるんだろうか」

思わずぼやいた時、副官室の一番奥にある席から、村内三曹の何やら困惑した声が聞こえた。

「ええ。ですが、まだ登庁して二日目ですし、急にでは困ります」

彼は、受話器を手にして眉間に皺《しわ》を寄せていた。口調からして、外からかかって来た電話のようだ。

「どうしたの、外線？」

受話器から、『副官さんに替わって下さい』というご婦人の声が聞こえていた。なんだか嫌な予感がする。斑尾が苦手なタイプの人に思えた。村内三曹は、『少々お待ち下さい』と言うと、送話口に手を当て、顔を上げた。

「はい、自衛隊協力会の方です。若狭《わかさ》にあるスナックのママさんなんですが、長年自衛隊に協力してくれているものの、押しが強くて、ちょっと困ることも多いんです」

若狭は、那覇にある繁華街だ。那覇の繁華街の中では、品が良い部類になる。

「で、今は何て言っているの？」

「新司令官とは昔なじみなので、今日の内にご挨拶させて欲しいと言ってます。特筆するような行事はないものの、見ての通り決裁待ちの方が並んでますし、断った方がいいと思うんですが……」

確かに、村内三曹の言っていることはもっともだった。しかし、斑尾には気になることもあった。昨日の昼食時に聞こえた、司令官の言葉だった。副司令官や各部の部長といったVIPに対して、部外の対応は自分がやるから、自衛隊の中の事は任せるというような主旨の話をしていた。

「その人の名刺はある？」

「はい」

斑尾が言うと、村内三曹は、背後の棚からファイルを取り出した。斑尾は、その間に、保留してあった電話をとる。

「副官の斑尾二尉と申します。後ほど折り返させて頂きますので、お待ち頂けますでしょうか？」

自衛隊口調に慣れた身では、丁寧な言葉を絞り出すのも一苦労だ。それでも、大学四年次に就職活動をした分、防大を出て自衛官になった者よりはマシかもしれなかった。

「新しい副官さんね。ＷＡＦの副官さんなんて珍しいわね。溝ノ口司令官に私のことを言って頂ければ分かるから、よろしくね」

本当に司令官の知り合いであれば、尚更確認した方が良さそうだ。斑尾は、電話を切ると、村内三曹が出してくれた名刺を持って司令官室に向かった。今は、装備部補給課の幕僚が決裁に入っている。

「副官です。失礼します」

斑尾が、開け放たれたままの入り口で声をかけると、司令官デスクの前に立っていた幕僚が、横に避《よ》けてくれた。

「どうした？」

斑尾は、名刺を差し出しながら報告した。

「自衛隊協力会の金城豊子《きんじょうとよこ》様という方が、この後、急遽《きゅうきょ》ご挨拶のために来訪したいとのことです」

溝ノ口は、名刺を手に取ると目を細めた。

「豊子さんか、懐かしいな。副官、この後も、特に予定はなかったな？」

「はい」

「では、来てもらえ。申し送りも受けている。三十分くらいならいいだろう。その分、退庁を遅らせる」

「分かりました」

斑尾が電話をすると、金城女史は三十分ほどで到着するという。斑尾は、守本二曹や村内三曹にやるべき事を聞き、ほとんどそのまま彼らに指示をした。「じゃ、そのとおりに」と言うだけだ。司令部内の各部や基地のゲートなど、必要な連絡は、彼らがしてくれた。

「司令官の昔の知り合いか。どんな人なんだろう？」

「一度会ったら忘れられない人ですよ」

守本二曹が言うと、村内三曹も苦笑いしていた。斑尾は、三和と目を見合わせた。斑尾が副官となるよりも、ほんの少しだけ早く副司令官車のドライバー兼副官付となった三和三曹も、彼女と会ったことはないようだ。

斑尾は、庁舎の玄関で金城女史を迎える前に、司令官に報告した。

「金城女史がゲートに到着したとのことです。玄関で迎えてこちらに案内します」

「分かった」

溝ノ口の言葉に、報告に入っていた運用課の忍谷三佐が資料を片付け始めた。斑尾が急いで玄関に向かおうとすると、溝ノ口に引き留められる。

「三十分経過したら、声をかけてくれ。なかなか帰ってもらえないかもしれないからな」

「了解しました」

斑尾が答えると、溝ノ口は、忍谷三佐に、後でもう一度来るように言いつけていた。斑尾は、彼と共に司令官室を出た。来客が終わったら、優先的に入ってもらう必要がある。

「来客が終わったら、連絡します。最初に入って頂けるように」

「お、気が利くね。頼むよ」

忍谷三佐は、気さくというより軽いと言った方が似合う人だった。

金城女史は、なるほど忘れることが難しい強烈なキャラの持ち主だった。テレビによくでているディービー夫人を更に派手にした感じだろうか。

「副官さんは、溝ノ口司令官の指名なの？」

司令部庁舎前で彼女を迎え、司令官室まで先導する。彼女の甲高い声は、庁舎の廊下に響き渡っていた。

「指名というか、候補の中から選択されたとは聞いています」

「そうなの。昔はもてたのに、年をとって若い子を侍《はべ》らせたくなったのかしら？」

「豊子さん。人聞きの悪いことを言わないで下さい」

司令官室から、副官室前の廊下にまで迎えに来ていた溝ノ口が言った。

結局、金城女史は、斑尾が五分おきに三回声をかけるまで司令官室で粘った。おかげで、司令官の退庁は、ほぼ四十分遅れになってしまった。

「まずかったなぁ。後で所在の隷下《れいか》部隊に謝っといてくれ」

帰りの司令官車の中で、溝ノ口は頭をかいていた。

「九空団や南警団にですか？」

斑尾には、溝ノ口の意図が分からなかった。

「ああ。俺の退庁が遅れたら、九空団司令や南警団司令も退庁を遅らせただろう。そのあおりを、さらに下の者が受けたはずだ。だから、本来は時間厳守だ」

なるほど。

「分かりました」

後で守本二曹に聞いたところでは、溝ノ口に限らず、ＶＩＰは大抵こうした配慮をしているとのことだった。であれば、副官として斑尾も肝に銘じなければならなかった。

「さりとて、豊子さんを蔑《ないがし》ろにもできないしな」

「昔からのお知り合いだと伺いました」

「副官、知り合いだから蔑ろにできないと言っているわけじゃないぞ。自衛隊協力会に限らず、我々を応援してくれる人は大切にしなければならん。特に、ここ沖縄では、何にも増して重要なことだ」

「失礼しました」

斑尾が慌てて謝罪すると、溝ノ口は、冗談めかした口調で言った。

「確かに、彼女は、私が駆け出しパイロットだった時に、さんざん通った店にいた人だがな。しかし、その事に関しては、むしろ私が感謝されてしかるべきなんだぞ。手当のほとんどを落としたんだからな」

パイロット手当のほとんどを注《つ》ぎ込んだという言葉が本当なら、飲み代の相場が安い沖縄にあっては、店に相当な貢献をしたことになる。金城女史の言う通り、相当な昔なじみなのだろう。強烈なオバサンだった。多分また来るのだろう。ちょっと苦手なタイプなだけに、斑尾は静かにため息をついた。

＊

司令官車から降り、足早にマンションのエントランスに向かう。既に朝日と呼ぶには強烈過ぎる日差しが照りつけ、気温はハイレートクライムを始めていた。当然、行き交う人々は、ほとんどがTシャツなどの薄着姿。だが、斑尾が着ているのは、生地のしっかりした迷彩服だ。司令官を迎えるにあたって、腕まくりなどもっての外。一刻も早くエアコンの効いたエントランスに駆け込む。

「ふぅ」

エントランスを見回しても司令官の姿はない。ほんの少しだが、ひと息つけた。エレベーターは、一階で停止している。予定時刻三分前なので当然と言えば当然。それでもやはり、司令官が早く降りてきていないか心配だった。

司令官の初登庁から一週間が経過、つまり斑尾の副官業務も一週間が経過した。通常業務については、勝手が分かってきたと言える程度にはなったものの、まだ慣れてきたとは言い難い。

それでも、仕える司令官、溝ノ口本人とは、まだぎこちないとは言え、普通に接することができるようにはなった。人となりが分かれば、接する距離感も決められる。溝ノ口は、穏やかながら、色々な面でキッチリとした人物だった。冗談などは少なく、寄る年波に勝てずに掛けているメガネもあって、インテリっぽい雰囲気だ。斑尾が抱くパイロットのイメージとは少し違っていた。

エレベーターが八階に上がり、溝ノ口が降りてくるであろうことが分かっても、心臓の鼓動は、ジョギング程度で済んでいる。

「おはようございます」

「おはよう」

空港では格好が悪いと断られてしまったが、副官としての業務中は荷物を預けてもらえる。私服姿のプライベートとは違うのだ。溝ノ口のバッグを受け取り、車に向かう。ドアの開閉は、ドライバーでもある守本二曹がやってくれる。溝ノ口が乗り込むのは、後席右側。ドライバーの後ろだ。本当かどうか分からなかったが、民間とは逆だと教えられた。斑尾は、溝ノ口のバッグを後席左側に置くと、自分は素早く助手席に乗り込む。

「予定に一部変更があります。那覇市長に表敬訪問の予定でしたが、先方都合でリスケジュールになりました。日程は別途調整とのことです。これが、更新した予定表です」

「それなら、今日は、少しゆっくりできそうだな」

隷下部隊、九空団や五高群といった指揮下にある部隊の初度視察はまだ先だが、交代直後は、交代に伴う行事や報告、決裁の山が続いていた。

先日押しかけてきた金城女史のような部外の人の来訪や、逆に部外での会合へのお呼びも多い。そうした部外へのお呼ばれは、課業外、つまり仕事が終わった夜が多い。この一週間で、三回もあった。

昼も夜も仕事で忙しければ、オフタイムには多少羽を伸ばしたいのが人情だろう。司令官の前任地だった空幕から送られてきた裏バイオ、つまり表向きではなく、副官向けの秘密のバイオグラフィーには、溝ノ口はオフタイムには飲みに出かけることが多いと書かれていた。

しかし、外での会合があった時を除けば、着任以来、溝ノ口は、一度も飲みにでかけてはいない。斑尾が、なぜ溝ノ口のオフタイムまで把握しているかと言えば、司令官に限らず、ある程度以上の要職にある自衛官は、仕事が終わった後も、急な事態にも即応しなければならないため、基本的に、遠出はできない決まりとなっているのだ。そして、その急な事態に即応するため、溝ノ口の予定は、斑尾にも知らされることになっている。溝ノ口が飲みに出かけているなら、緊急事態の発生時には、斑尾や守本がその場所まで迎えに行く必要があるのだ。

ＶＩＰが多忙なことは、この一週間で斑尾にも十分に分かった。だから、オフタイムは羽を伸ばしてリフレッシュしてもらうべきだろう。しかし、その前に仕事はきっちりしてもらわなければならない。

「はい。ですが、報告、決裁はまだまだ多そうです」

斑尾は、朝早くから予定表に書かれていない細かな用事がないかどうかを副官室に確認しに来た幕僚を思い出しながら言った。

「予定が空いて良かったかもしれな……」

溝ノ口の言葉は中途半端に途切れた。斑尾が後席を見やると、溝ノ口はバッグの中をまさぐっていた。

「しまった。メガネを忘れた」

「メガネですか？」

パイロットは目が良い。とは言え、溝ノ口も年だ。書類仕事にメガネ、もっと正確に言えば、老眼鏡は欠かせないようだ。

「取りに戻りますか？」

車は、まだ基地に入ってはいなかった。しかし、既にゲートは見えている。特借は基地に近いのだ。

「今からじゃ、引き返せないだろ。副官、鍵を渡すから、この後特借に戻ってメガネを取ってきてくれ。洗面台にあるはずだ」

「え、私がですか？」

「私が戻る訳にもいかんだろ」

「確かにそうですが……」

司令官が良いと言うのだから、もちろん問題はないのだろう。ただ、どうしても気が引ける。

「決裁書類を虫眼鏡で見ろとでも言うつもりか？」

その姿は、かなり格好が悪い。というか、情けない。

「分かりました」

溝ノ口を司令官室にまで送り届け、朝の出迎え時に副官室を一人で守っている村内三曹にもうしばらくの留守番《るすばん》を頼む。斑尾は、直ぐさま守本二曹が待つ司令官車にとって返した。

「急いでお願い」

斑尾が助手席に乗り込むと、黒の日産フーガは一気に加速した。

「洗面台にあればいいですが、司令官の記憶違いだと大変ですね」

「そうだね。記憶が正しい事を祈るしかないか」

斑尾は、司令官が乗車していることを示す階級章を模した星付きプレートをダッシュボードにしまう。これをしまわないと、ゲートを守る警衛隊員が勘違いして、大慌てで整列することになる。こうした副官業務の細部事項にも慣れてきた。村内や守本のおかげだ。車に関《かか》わることは、このことを含め、ほとんどを守本二曹に教わった。

車が、特借であるマンションの手前で赤信号に捕まると、斑尾は、車を降りて走った。十数秒だが短縮になるはずだった。自動ドアが開くのももどかしく、エントランスを駆け抜けようとした時、視界の隅に郵便受けを覗《のぞ》き込んでいる人影が見えた。

その人影は、先日見かけたマダム然とした不審者だった。しかも、覗き込んでいる郵便受けは、司令官の特借となっている部屋のものだった。

斑尾が、つんのめるようにして足を止めると、その人物と目が合った。郵便受けを覗き込んだだけなら、窃盗ではない。しかし、覗き込むためにマンションの敷地に入ったのなら、厳密に法を適用すれば不法侵入であると言える。官舎にチラシを投げ込むだけで有罪となった事例もある。不法行為であるなら、現行犯として逮捕することも可能なはずだ。警官でなくとも、現行犯なら私人としてでも、逮捕ができる。高射部隊は、基地の外を車両で部隊行動することもあるため、警備にあたって必要な法律は承知していた。

「その郵便受けは、貴女《あなた》のお住まいになっている部屋ではありません。何をしてらっしゃったのでしょうか？」

失礼にならないよう言い方に気をつけつつ、毅然《きぜん》として問いただす。

「あ、あの……」

「私は、その部屋にお住まいの方の仕事上の関係者、見ての通り、自衛官です。失礼ですが、お名前を伺ってもよろしいでしょうか」

「え？　関係者……ですか？」

そのご婦人は、いきなり詰問されて、動揺しているようだった。動揺を助長させても良くないかもしれないが、言い逃れさせるつもりがないことは明確にしておいた方が良い。問い詰める意思があることははっきりと示すことにした。

「他人の郵便受けを漁《あさ》るためにここに入られたのなら、これは不法侵入として明確な犯罪行為です。警察を呼ぶこともできます」

玄関を見ると、マンションの車寄せに司令官車も入ってきた。守本二曹が怪訝《けげん》な顔でこちらを見ていた。まだ、ヘルプを頼む状況ではない。そのまま待機するように左手を掲げて見せた。

「斑尾二尉さん……、もしや……副官さんでしょうか？」

「はぁ？」

思わず、素《す》っ頓狂《とんきょう》な声が出てしまった。不審者から姓階級だけでなく、副官だとまで言われるとは思わなかった。迷彩服にも名札は縫い付けてある。だから姓や役職が分かるのは不自然ではない。しかし、階級まで言い当てるということは、この不審者が、階級章が二等空尉のものであることも認識していることを示していた。

「確かに、私は南西航空方面隊司令官の副官です。そう言われる貴女は、どなたでしょうか？」

「女性の副官さんなんですね」

何だか、やりにくい不審者だった。副官がどのような者なのかを知っているのも珍しい。活動家なら、知っていて当然なのかもしれないが……。

「はい。女性自衛官の副官もいます。それが何か？」

何だか迷っている様子だったが、何かを決心したかのように肯くと、驚きの言葉を発した。

「あの、私、溝ノ口の妻です」

「は？」

〝溝ノ口の妻〟という言葉の意味は理解できた。しかし、あまりにも予想外だと脳が受付を拒むことがあるようだ。それでも、それはほんの一瞬、いや数瞬だった。

「来沖《らいおき》されているとは聞いておりません」

「はい。主人にはないしょで来ております」

どうしてという疑問が湧《わ》いた。虚言を弄《ろう》する不審者でないとも言えない。まずは、身元を確認する必要があった。

「身分証明書になるものはお持ちでしょうか。運転免許証とかで結構です」

「共済組合員証でよろしいですか？　車は運転しないので」

共済組合員証というのは、自衛官家族のための健康保険証だ。写真は付いていないが、身分証明としては申し分ない。健康保険証ではなく共済組合員証という言葉が出てくる時点で、身元はかなり確かだと言える。

「もちろんです」

共済組合員証に記載された名前は、溝ノ口早苗《さなえ》。住所も書き込まれているが、斑尾も溝ノ口の自宅住所までは記憶していなかった。しかし、こんなこともあろうかと思っていた訳ではないものの、念のためスマホに保存してあった裏バイオのコピーと照らし合わせる。住所も合致した。

「ありがとうございました。　間違いなさそうです」

斑尾は、そう言って、共済組合員証を返すために手を伸ばす。しかし、早苗の手がそれに触れる前に引き戻す。

「ちょうど良いので、お預かりしておきますね」

その言葉だけで、早苗も理解したようだ。無言で肯いた。溝ノ口が異動したことで、共済組合員証も那覇基地で発行しなおす必要があるのだ。

「どうして司令官にないしょで、来られているんですか？」

「あの、少し長くなるのですが……」

「あ、お待ち下さい！」

斑尾は、早苗の言葉を遮り、話し始めようとする彼女を押しとどめた。今、長くなる話を聞いている余裕はなかった。急いで戻る必要があるのだ。彼女に事情を説明し、夜に会う約束と連絡先を交換して、メガネの回収を急いだ。

車に戻ると守本二曹に口止めをした。早苗がなぜ秘密に来沖しているのか、その理由はまだ聞けていないが、それなりの事情があるらしいことは予想できる。

走り出す車から早苗に会釈して別れると、どうしたものかと思案した。誰かに相談するのはまずそうだ。夜に早苗に会ってから考えるしかなさそうだった。

＊

来訪者を告げる呼び鈴に続いて、「配達で～す」という唯の間延びした声が響いた。斑尾は急いで特借の玄関ドアを開ける。唯は、食品保存用のプラスチック容器を抱えていた。

「入って」

彼女を迎え入れ、ドアの鍵を閉める。

「結構長い付き合いになるけど、怜於奈の家に入るのは初めてだね」

「普通は、〝ゆんた〟に行っちゃうからね」

電話で唯に秘密の相談があるというと、〝ゆんた〟で作ってもらった食事をデリバリーしてもらえることになった。

「この部屋が安値で借りられるなんて、自衛官っていいよね～」

特借であっても官舎は官舎なので、賃料は相場よりも安い。那覇空港近隣で、２ＤＫが三万円台なんて、一般にはあり得ないだろう。

「でも、世間一般の考えでいけば、かなりブラックだよ」

「知ってる」

憲法で保障されているはずの居住の自由がないだけではない。労働基準法だって適用除外だ。もちろん、近年の募集難もあって、休暇などはかなりのホワイト企業並に取得できる。だが、キツイ時は、本当にキツイのだ。キツイからと言って勝手に休めば死人が出る仕事。医療関係と同じで仕方ないと言う他ない。

「あ、グルクンだ」

斑尾は、プラスチック容器を開けると、皿に移すこともなく、そのまま箸《はし》でつついた。グルクンは、沖縄でよく食べられる小ぶりな魚だ。小骨という表現が不適切な頑丈な骨があるものの、空揚げにするととても美味《おい》しい。空揚げにかけられているあんかけも、古都子自慢の絶妙な味付けがされていた。

「で、なんなの？」

斑尾が冷蔵庫から出してきた缶ビールを開けながら唯が言う。

「実はね……」

斑尾は、早苗に会い、彼女から頼み事をされてしまったことを唯に告げた。

「要は、自分の旦那《だんな》を監視してくれってこと？」

早苗の頼み事は、溝ノ口が昔の思い人と関係を持つようなら、教えて欲しいというものだった。

「監視というと語弊があるけど、それに近いのかな。司令官が、パイロットとしての訓練を終えて最初に赴任したのが、ここだったらしいのよね。当時は、今とは比べものにならないくらい自衛隊感情が悪かったけど、戦闘機パイロットとなれば、やっぱりもてるわけよ。高給取りだしね」

沖縄の所得は、全国平均と比べて低い。一般の自衛官であっても高給取りとなるなか、パイロットとしての手当を入れれば、相当な高給取りと言えた。

「そんな訳もあって、若かりし頃の溝ノ口司令官は、とってももてたらしい」

「かっこいいの？」

「そうね、染めてるみたいだからロマンスグレーじゃないけど、そんな感じかな。もっとも、これは奥さんの弁だから、色眼鏡かもしれないけどね。ただ、部内の噂でももてたって聞いたから、確かにもてたことは間違いないみたい」

斑尾は、ジューシーと呼ばれる炊き込みご飯を頬張《ほおば》りながら言葉を継ぐ。

「それに、当時は今以上に、派手に飲み歩くことが普通だった」

「ママが嘆いてるよ。昔は良かったって」

自衛官だけでなく、一般の沖縄県民も、昔ほど飲まなくなっているという。

「で、飲み屋の女の子と仲良くなることも多くて、当時の溝ノ口二等空尉も、ある飲み屋の女の子に入れあげてたんだって」

「それって、今の奥さんとは別人ってことだよね？」

「そう。今の奥さんとは、他の基地に異動になってから知り合ったって聞いた」

「じゃあ、昔入れあげてた女……の人と浮気するんじゃないかって心配して、こっちに来てたってことなの?」

「ワイドショー的な表現をするとそうなっちゃうんだろうけど、話を聞くと、ちょっと違う感じかな」

斑尾のあいまいな言葉に、唯は目をしばたいている。斑尾は、言葉を探して唸《うな》ってしまった。

「なんて言えばいいのかな。何となく不安で、那覇まで来ちゃった。どうしたらいいのか分からないまま、司令官の周りをうろうろしてる……って感じかも」

「やっぱり分かんないよ」

唯は、肩をすくめて缶ビールを口にする。斑尾は、早苗から聞かされた話を、順を追って伝えることにした。

「奥さんは、司令官と同郷なんだって。青森県《あおもり》の……何て言ったかな……そう、黒石市《くろいし》、青森と弘前《ひろさき》の間にあるところの出身だって言ってた」

「司令官も青森の出身なんだ」

「うん。鰺ヶ沢《あじさわ》町って、日本海側の漁師町。司令官は、枚《まい》の海《うみ》ってお相撲さんの出身地だって言ってた」

「知らない……」

「だよね。私らがまだ小さい頃に引退した人だって」

唯は、缶ビールに口をつけたまま「で？」と先を急《せ》かしてくる。出身県のうんちくは、脱線でしかない。

「司令官が那覇から転勤になった少し後に、二人はお見合いで出会って、結婚したんだって。お互いの親が知り合いだったみたい」

斑尾は、最後の一口となったジューシーを口に入れると、飲み込むのももどかしく、話を先に進める。

「司令官から『危険な仕事だが、それでも付いてきてくれますか？』と聞かれて、立派な人だと思ったから結婚したって言ってた」

「ところが！ってなるわけだ」

唯が入れたちゃちゃに、斑尾は首を振った。

「幸せな結婚生活だったらしいよ。子供も二人いて、今は社会人と大学生だって」

「じゃあ、なんで？」

ここからが本題だった。斑尾も缶ビールを開けて喉《のど》を潤す。

「数年前に、同期が集まった宴会の後に、遠方から来てた人が司令官の家に泊まったんだって。で、家でも飲んでたらしいんだけど、司令官が那覇勤務の時に、ものすごく入れあげていた女の人がいたって話を聞いちゃったらしい」

「どんな人だったって聞いたの？」

「飲み屋の女の子で、司令官が相当入れあげてたけど、何かあったらしく、仲違《なかたが》いしちゃったらしい」

「単に店に通い詰めてただけじゃなかったのかな？」

「そうだろうね。どの程度親しかったのかは分からないけど」

唯は、「なるほどぉ」と呟き、しきりに肯きながら指を折っている。

「でも、そうなると司令官と今の奥さんがお見合いしたのって、その女の人と別れてから、そう経ってはいない時だったってことになるの？」

「そう。だから奥さんも気になったみたい。他の女性と付き合っていたのが、自分と出会った時よりもそれなりに前だったなら、それは〝過去〟だって納得することもできる。でも、別れた直後にお見合い＆結婚と来たら、『もしかしたらやけくそだったんじゃないか？』と思っちゃうかも」

「そっか。浮気とはちょっと違うのかもしれないけど、旦那さんが心を残してるんじゃないか気になって、沖縄まで尾《つ》いて来たってわけだ。それも、こっそりと」

「そうみたい。思い返してみれば、司令官が再度の沖縄勤務を熱望してたのも、その女の人のことがあったからなんじゃないかって言ってた」

「そっか～。でも、怜於奈に監視を頼んだのは、どうしてなの？」

「さすがに、そろそろ帰るつもりなんだって。それに、特借を見張るだけじゃ、実際に司令官がその女性に会いに行ったとしても、分からない可能性も高いし……」

「探偵でもないし、うろうろしているだけじゃ大したことは分からないものね。本音が聞きたいんだろうけど、面と向かって聞くのは怖いんだろうし……」

唯は、あぐらを組んだ膝《ひざ》に左手を置き、右手でビールの缶をあおっていた。

「で、怜於奈はどうしたいの？　普通に考えたら、司令官の浮気なんて噂が流れるだけで、いろいろ問題になるでしょ。だったら、奥さんのお願いを引き受けたらいいんじゃないの？　監視というか、怜於奈の場合は、普通に仕事をしていればいいんだろうし。んで、もし本当に浮気するようなら、奥さんと協力して、やめてもらうとか……。まあ対応はその時考えればいいかもしれないけどね」

「仕事第一で考えたらそうなんだろうね。でも、何だか引っかかっててね」

「何が？　後ろめたい？」

「後ろめたいのはもちろんなんだけど、何だか、それだけじゃないんだよね」

斑尾の困惑は、どこかしら非現実的だった。手の中にある缶の冷たさが伝える現実感との乖離《かいり》が、余計にそれを意識させる。

「子供もいるし、今まで幸せな結婚生活を送ってきた。最初の沖縄勤務の後には、今まで沖縄勤務の経験もない。希望すれば、たぶん来られたと思う。異動の機会は多いからね。だから、奥さんの懸念は、杞憂《きゆう》なんじゃないかと思う」

アルミ缶が、軽くひしゃげる。

「だから、一番いいのは、二人で話してもらうこと。でも、奥さんから言い出してもらうのは無理っぽいし、かといって司令官に話せば奥さんを無下にすることになっちゃうし……」

斑尾は、自分の気持ちを言い表す言葉を探して迷っていた。

「司令官のことも、奥さんのことも裏切りたくはない。でも、こう考えている自分は、面倒な問題から逃げているだけだってことも分かる。逃げるのはイヤ」

そう宣言する斑尾に、唯は、盛大にため息をついた。

「どうにもならないねぇ」

窓の外を見る。基地の南側にある瀬長島が、暗い海を背景に、空港の照明に照らされて浮かび上がって見えた。

＊

「それで私に聞いて欲しくなって来たわけ？」

古都子は、あきれたような声で唯に答えた。時刻は、午前一時を回っている。本来なら、〝ゆんた〟の営業はまだ続く時間だが、今日はお客が少なかったので早めに看板にしてもらった。この時間に起きていたら睡眠不足で明日の勤務はきつい。それでも、寝不足だけなら耐えられる。途中から飲み物をさんぴん茶に変え、アルコールは抜きにかかっているので大丈夫なはずだ。ちなみに、さんぴんは、沖縄の言葉で、ジャスミンのことだ。

「私も怜於奈も、基本的に人生経験が足りないでしょ。その上、問題がママと同年代の人の悩みと来たら、レベルが違いすぎてさぁ。だから、ママなら怜於奈も信頼できるだろうしぃ、意見を聞いてみようってことになったわけさぁ」

そう言う唯の言葉は、既にろれつが怪しかった。彼女は、アルコールを抜くなどという殊勝なことはしていない。斑尾がストックしていた一週間分の酒が消えている。それに、怜於奈と話す時と違って、沖縄言葉が出ていた。親子同士の会話は、沖縄言葉なのだ。

「怜於奈ぁは、司令官さんが沖縄勤務を熱望してた理由は聞いたわけ？」

古都子は、洗い物の手を止め、カウンターの奥から怜於奈を見つめていた。

「公式な……訓示とかでは、南西方面の防空や沖縄に所在する在日米軍との連携の重要性を鑑《かんが》みて、沖縄での仕事を熱望していた、と言ってました。ただ、これだけが本音とは限らないです。やっと気軽に話をできるようになってきましたけど、こっちに来たがっていた私的な気持ちを聞けるにはまだまだで……」

「聞いたらいいさぁ」

「本音はその女性に会いたかったんだとしても、そんなことは口にしないと思いますけど」

「他の本音、建前みたいなものじゃなくて、本心から沖縄で仕事をしたいと思った理由があったのかもしれないねぇ。怜於奈ぁが『ああ、そうだったんだ』って納得できる理由が聞けたなら、奥さんの思い過ごしなんじゃないかって思えるでしょ」

「なるほど……」

斑尾は、薄い琥珀《こはく》色の液体を見つめて呟いた。

「でも、それがあったとしても、別の本音、本当の本音がないってことにはならないですよね？」

「そうだねぇ。でも怜於奈ぁがだからようって納得できる理由があるなら、奥さんや司令官さんに、二人で話したらって言うための勇気はもらえるわけでしょ？」

そう。斑尾は怖かった。古都子には見透かされていたみたいだ。図星を突かれ口を開けない。斑尾は、カウンターに置かれたさんぴん茶入りのグラスをただ見つめていた。

「それにね」

視線を上げ、言葉を切った古都子の顔を見つめる。彼女は、優しげに微笑《ほほえ》んでいた。

「怜於奈ぁぐらいの年だと、将来を夢見て、今何をすべきか考えるよねぇ。でもね、私らくらいのおばさんになると、昔のことを悔やんで今を決めることが多いさぁ。うちなにずっといたら尚のことだねぇ。司令官さんも、やり残したこと、当時はできなかったことをしようとしているのかもしれないねぇ。その女の人との将来を考えているんじゃないと思うよぅ。沖縄での良い思い出があったから、沖縄で良い思いができるから、そういう理由でまた来たいと思っていたんじゃないかもしれないねぇ」

「そうなんでしょうか……」

古都子の言葉には、なるほどと思わされた。それでも、確信は持てない。

「気軽に話せるようにはなってきたんでしょ。司令官さんの気持ちを聞いてから考えてみたらいいさぁ」

古都子の言う通りであれば、早苗の疑念は、ただの思い過ごしだ。それなら、溝ノ口から早苗に話してもらえばいい。早苗に対する裏切りになるのかもしれないが、裏切るという過程よりも、結果が大切なはずだ。溝ノ口の答え次第だが、早苗に告げてから溝ノ口に話してもよかった。

「分かりました。明日、司令官に聞いてみます」

傍らを見やると、カウンターに突っ伏した唯が、微《かす》かな寝息を立てていた。

＊

斑尾は、機を窺っていた。しばらく予定がなく、決裁などで司令官室を訪れる幕僚の流れが途切れる瞬間を。普段であれば、そうした機にお茶やコーヒーを出す。もちろん、今日もそれは変わらない。違うのは、ついでを装って、溝ノ口と話すという点だ。

「そろそろコーヒーを出しますか」

機を窺うことに慎重になりすぎたのか、斑尾が動き出す前に、村内が立ち上がってしまった。彼は、副官室経験が長いだけに、普通に仕事をしていても、お茶出しのタイミングはしっかりと見ているようだ。

「あ、私がやる。ちょっと司令官に報告もあるから」

村内を制して、斑尾は給湯室に向かった。コーヒーメーカーで三人分のコーヒーを淹《い》れる。湯気と共に沸き上がってくるコーヒーの香りを吸い込み、心を落ち着かせる。古都子のアドバイスで方針ははっきりしているものの、改めて覚悟を決める必要があった。

手前にある幕僚長室、副司令官室に寄り、それぞれにコーヒーを出すと、溝ノ口のいる司令官室に向かった。

「副官入ります」

開け放たれたままの入り口で声をかけ、「おう」と応じた溝ノ口の前に足を進める。溝ノ口は、顔を上げずに、先ほど情報課の幕僚が置いていった資料を睨《にら》んでいた。

「コーヒーをお持ちしました」

ソーサーに載せたカップを執務机の上に置く。今までの通りであれば、直ぐに『失礼します』と声をかけて下がるところだ。話しかける言葉は決めてあった。それでも、いざとなると口は重い。言い淀《よど》んだのは一瞬の間だったが、先に口を開いたのは溝ノ口だった。

「どうした。何かあるか？」

沖縄勤務を熱望していた理由を聞くだけなら、些細なことだ。しかし、それを問えば、何故《なぜ》それを問うのかと問い返されるだろう。だが、今さら後には引けなかった。

「司令官は、かねてから沖縄勤務を熱望されていたと伺いました。沖縄の重要性は理解できるのですが、司令官の思い入れには、それだけではないものもあるように思いました。何か理由があるのでしたら、お聞かせ頂けないでしょうか」

溝ノ口は、驚きの色を目に浮かべたが、直ぐに普段の落ち着いた顔に戻って言った。

「総務部長にでも聞いたか？　でもまあ、それはいいか」

総務部長には何か話をしたのだろうか。あるいは、聞いてはいないものの、以前から交流があったのだろうか。斑尾が、溝ノ口の独白のような台詞《せりふ》を聞き、返す言葉に窮していると、溝ノ口は、資料を脇に置き、顎《あご》に手を当てながら唸った。

「副官が、私の動機を知っておくのも有意義かもしれないな」

そう言うと、カップに手を伸ばしてコーヒーを口にした。

「一九九五年に、沖縄で何があったか知っているか？」

「一九九五年ですか？」

「そうだ。副官は、まだ物心が付く前だろうな」

「はい。はなは垂らしてなかったと思いますが、そんな年です。すみません。沖縄のことはそれなりに勉強しましたが、今より自衛隊感情が良くなかった頃だという程度にしか記憶していません」

「自衛隊感情というより、対米軍感情の問題だな」

溝ノ口のくれたヒントで思い当たる。確かその頃だったはずだ。

「もしかして、米兵の少女暴行事件ですか？」

「そう。一九九五年。私は、やっとまともに戦闘ができるようになったばかりの新米戦闘機パイロットだった」

沖縄米兵少女暴行事件は、沖縄駐留のアメリカ海兵隊と海軍の軍人が、十二歳の女子小学生を拉致《らち》し、集団で強姦《ごうかん》した事件だ。この事件により、沖縄県民の反米、反米軍基地感情が爆発し、大きな政治問題となった。その結果、後に日米地位協定の運用が見直されるなどした他、今も続く普天間《ふてんま》基地移設問題にも大きな影を落とした事件だったはずだ。

斑尾が、事件の概要を記憶の底から引っ張り出してくるのを待っていたのだろう。溝ノ口は、ゆっくりと言葉を継ぐ。

「沖縄には、ウイングマークをもらって直ぐに来た。事件当時は、もう部外の知人も何人かいたよ」

溝ノ口は、〝知人〟と表現したが、入れあげていたという女性のことかもしれなかった。

「口論という程ではなかったが、この事件のせいで、関係は少々微妙になった。もちろん米兵の行為は擁護できるものではないが、我々自衛官としては、それが即反基地につながることを是とするわけにはいかない」

「はい」

日本の防衛にとって、米軍の存在は、欠くことのできないものだ。その事実は、自衛官として骨身に染みている。演習や訓練を通じて米軍に触れているからこそ、一般の国民が感じるよりも遥《はる》かに強く、彼らの強大さを認識している。彼らの助力なしに日本の防衛を成り立たせようと思えば、どれだけの国家資源を国防に費やさざるを得ないか考えれば、日米同盟が必要だと考えるのは自衛官にとって自明のことだ。当時の溝ノ口も、知人が、反米、反基地になびいたなら、説得すべきだと感じたのだろう。

「だが、長くいれば、こちらの人の感情も分かる。近年、国内に外国人が増え、それに伴って外国人との交流を深める人もいるが、逆に反感を持つ人も必ず現われる。外国人に埋め尽くされた銀座を見て、銀座が変わってしまったと嘆く人も少なくない。それと同じだ。ましてや、当時の米軍には、確かに横暴なところもあった。車で人をはねても、基地内に逃げ込んでしまえば、日本の警察は手出しできなかった。少女暴行事件は、そうした横暴の象徴ともなってしまった」

そう言うと、溝ノ口は、カップにたゆたう褐色に目を落とした。その揺らめきの中に、昔を思い出しているのかもしれなかった。

「当時の私には、何もできなかった。一介のパイロットに何ができる？　飛行機を飛ばすだけしか能のない人間に、何ができた？」

　斑尾は、心の中で、あっと声を上げた。古都子が言うように、溝ノ口の思いの底には、〝過去〟への悔悟の念があるのだ。

「だが、基地司令や方面隊司令官ともなれば違ってくる。米軍と調整することもできるし、場合によっては、もの申すことだってできる。日本の国民に対しても、情報発信することができる。だから、基地司令に補職される頃には、八三空司令を希望した」

　第八三航空隊、略称八三空は、二〇一六年に改組され、現在の第九航空団になっている。八三空司令、そして現在の九空団司令は、那覇基地司令でもある。

「残念ながら、その時はかなわなかったが、今回は希望を汲《く》んでもらえた。幸いにして、今の私は、あの頃のように無力ではない。この三つ星が力を与えてくれる」

　溝ノ口の肩には、三つの桜星、空将の階級章が輝いている。

「私は、自衛隊が、そして在日米軍が、この沖縄で、人々の心の底から、その存在を望まれるものになるように、手を尽くして行きたいと考えている。そのために来た」

　斑尾の心に引っかかっていた何かが、すとんと落ちた。もちろん、溝ノ口が口からでまかせを言っていないとは限らない。だが、目の前で聞いた言葉は、真実に思えた。

「これで、納得したか？」

溝ノ口は、表情を緩めてカップを口にした。

「あ、はい。ありがとうございました」

斑尾は、姿勢を正して頭を下げる。動作は十度の敬礼そのものだ。だが、心持ちゆっくりと、穏やかに腰を折った。それは、自然な敬意の表現だった。

「で、だ。どうして突然こんな話を聞きたいと思ったんだ？」

来た。来てしまった。しかし、この話を聞く前とは、斑尾の心も変わっていた。話していいのだと思えた。いや、話すべきだと思えた。

「実は……」

そう言いかけて、斑尾は思い直した。話すべきだ。それは変わらない。だが、物事には順序がある。

「すみません。後ほど報告します。先に、電話を一本かけさせて下さい」

斑尾の唐突な言葉に、溝ノ口は目を丸くした。

「ん、そうか。何だか分からんが、まあ良いだろう」

斑尾は、改めて普通に十度の敬礼、機敏な敬礼をすると、司令官室を辞した。そして、副官室の前で「ちょっと私用の電話をしてくる」と守本たちに告げ、階段を駆け下りて庁舎外に出た。

ポケットからスマホを取り出し、電話をかける。早苗は直ぐに出た。朝の内に、頼まれていた件で電話しますと伝えてあった。ずっと待っていたのだろう。

「はい。溝ノ口です」

早苗の声からは、緊張が伝わってくる。

「副官の斑尾です。お願いされたことは伏せたまま、司令官に沖縄勤務を熱望されていた理由を伺いました」

早苗は無言だった。斑尾は、早苗が心構えを持つための間を置き、溝ノ口の沖縄勤務時に沖縄米兵少女暴行事件が発生したこと、そのことで、沖縄でできた知人、恐らく司令官が心を寄せていた女性らしい人とも距離ができたこと、そして当時はそうした問題に何もできなかったことを悔やんでいたのだと告げた。

「司令官が、沖縄勤務を望んでいたのは、基地司令や方面隊司令官になれば、基地問題に対してもできることがあるからだそうです。パイロットが部隊勤務するケースには、飛行隊長や飛行群司令もありますが、その頃は沖縄勤務を望まれてましたか？」

飛行隊長や飛行群司令は、部下のパイロットや整備員を指揮する役職だ。米軍と話すことはあっても、飛行や戦闘に関することだけ。部外の一般国民と接する機会もない。そうした補職の時にも、沖縄勤務を希望していたのなら、溝ノ口の言葉には、疑問符が付いてしまう。

溝ノ口のバイオグラフィーには、当然部隊歴も記載されている。溝ノ口は、飛行隊長も飛行群司令も経験しているが、共に勤務地は沖縄ではなかった。

「いえ……多分違ったと思います。その頃は、まだ沖縄の事を気にしてませんでしたが、飛行隊長の時も、飛行群司令の時も、配置を喜んでました」

早苗の言葉は、溝ノ口の言葉を裏付けていた。斑尾は、深く息を吸うと覚悟を決めた。

「奥様のことを、司令官に話したいと思います」

早苗の息を飲む音が聞こえたような気がした。

「沖縄に来られていること、昔の女性の件で不安になられていることを。そして、お二人で話して頂くべきだと言うつもりです」

なおも早苗は無言だった。話さないで欲しいとは言わなかった。自分から言い出すことはできないが、告げられるなら逆に楽だと思っているのかもしれなかった。

斑尾は、それで良いかとは聞かない。あくまで、自分の決心として、溝ノ口に話すつもりだった。

ややあって、「分かりました……」という力ない声が聞こえた。

「後ほど、司令官から連絡が行くと思います」

斑尾は、それだけ言って通話を終えた。早苗は、不安なまま待つことになる。急いで溝ノ口と話したかった。庁舎に戻り、一段一段、踏みしめるようにして階段を上る。そうして、副官室に戻ると、守本に問いかけた。

「司令官室、誰か入っている？」

「いえ。今は誰も」

「じゃ、ちょっと報告に入るから」

斑尾は、再び司令官室に入った。ただし、今度は入った所で足を止める。

「先ほどお話しした件で報告があります。ドアを閉めてよろしいでしょうか？」

溝ノ口は怪訝な顔をしたが、了承してくれた。斑尾は、防音性能の高い分厚いドアをゆっくりと閉めた。足を進め、執務机を挟んで溝ノ口の正面に立ち、姿勢を正す。

「奥様が、沖縄に来られています」

予想外の言葉であったはず。一瞬だが、溝ノ口は、固まっていた。

「早苗のことか？　子供らのことがあるから、千葉《ちば》の家にいるはずだぞ」

「はい。そう伺っておりましたが、実際にはこちらに来られています。司令官のお部屋があるマンションの裏手、エステルホテルに泊まっておられます」

「どういうことだ。副官が、なぜそんなことを知っている？」

「はい。実は……」

斑尾は、早苗と出会った経緯と彼女から溝ノ口の動向を教えて欲しいと言われたことを告げた。もちろん、唯や古都子に相談したことは伏せた。面と向かってだと、やはり話し難かったが、しっかりと溝ノ口の目を見つめて話した。そうする責任があると思えたからだ。

「でも、先ほど伺った話を聞いて、奥様の懸念は、思い過ごしだと思いました。ただ、奥様にそのような懸念を抱かせてしまっていることは、司令官としても良くないことだと考えます。話し合って頂くべきだと思い、今この報告をさせて頂きました。奥様には、司令官にこのように報告するということを、先ほど電話でお伝えしてあります」

斑尾は、一呼吸置き、溝ノ口がそれを吸収するのを待つ。

「報告は以上です」

頭こそ抱えなかった。それでも、溝ノ口は、まさに苦虫を嚙《か》み潰《つぶ》してしまった如《ごと》き顔をしていた。

「すまんな、副官。妙な事に巻き込んでしまった」

「いえ」

自衛隊の気をつけの姿勢は、手を握り込む。掌《てのひら》は、じっとりと濡《ぬ》れていた。

「悩んだだろう」

溝ノ口は、腕を組み、どうすべきか考えながら話しているというていだった。

「はい。まあ……ただ、司令官くらいのお年になると、未来よりも過去を見ているというお話をある小説で読んだことがあったので、沖縄勤務を熱望していた理由を聞いてみるべきだと思いました。そして、その上で、やはりお伝えするべきだと考えました」

「未来よりも過去か……」

「確かにそうかもしれないな。しかし、言っておくが、俺はそんなに年じゃないぞ」

「はい」

斑尾は、〝そこか？〟と思ったが、それには触れない。

「奥様には、私から何かお伝えした方がよろしいでしょうか？」

「いや、いい。俺から話す。ホテルにいるんだったな」

「はい、エステルホテルの４０７号室です」

話すべき事は告げた。まさか金城女史ではないと思うが、司令官が思いを寄せていた女性というのがどんな女性なのかは気になる。それに、溝ノ口が、現在その女性にどんな感情を抱いているのかも気にはなる。しかし、これ以上は副官と言えども立ち入るべき領分ではない。

斑尾がそんなことを考えながら立っていると、溝ノ口が口を開いた。斑尾の思いは、顔に書いてあったようだ。

「副官の懸念は分かる。が、大丈夫だ。その女性は、その後沖縄に来た時にも会っているが、今では良い友人だ。こちらの情勢について、マスコミのものとは違う、肌身で感じた情報を教えてくれる」

「いえ、失礼しました」

斑尾は、恐縮したまま頭を下げ、退室した。

「ドアは、どういたしましょうか？」

「しばらく閉じておいてくれ」

早苗に電話するのだろう。

「分かりました。報告等も止めておきます」

「すまんな」

今度は、溝ノ口が恐縮していた。

＊

「もう一杯。薄めで」

花金の夜、東京だったら終電がヤバイこの時間、まだ〝ゆんた〟は賑《にぎ》わっていた。それでも、そろそろ客の腹もくちくなる。手伝っている唯もひと息ついているところだ。

「まだ飲むの？」

そう言いながら、唯はグラスを取ると、泡盛《あわもり》の残波《ざんぱ》を注ぎ、ミネラルウォーターで割る。

「明日は休みだし、帰っても何かする気にはなれないから」

「話し合いの結果が気になる？」

海に沈む夕日のような色をしたグラスが目の前に置かれた。斑尾は、島らっきょうの塩漬けをかじり、そのグラスに口を付ける。斑尾は、沖縄料理のつまみとしては、エシャロットのような独特の辛みと香りのある島らっきょうを好んでいる。

「そりゃあ、もちろん。多分、ちょうど今頃だと思うんだよね。今日は、外せない宴会があったから、特借に帰ったのは十一時頃だと思う」

沖縄本島に所在する陸海を含めた自衛隊のトップレベルが集まる懇親会があったのだ。斑尾は、公式に計画されていた一次会の後、二次会の会場まで司令官を送ると、「もういいぞ」と言われ、先に帰っていた。

「そうなんだ。でも、納得させられるのかな~?」

「ん？　どうして？」

「だって、筋道立った説明をされたとしても、それで納得できるとは限らないでしょ？　気持ちの問題だもん」

確かに、唯の言う通りだった。

「まあね。でも、他にどうしようもないでしょ」

だからこそ、気になって仕方なかった。斑尾は、うまく話し合えることを祈りながら、水割りで島らっきょうの辛みを洗い流す。そして、グラスを置こうとして、カウンター上に置かれたスマホの震えに気が付いた。

着信。溝ノ口からだった。話し合いに問題でも生じたのかと不安に思いながら、画面をタップする。

「副官、こんな時間に悪いんだが、今から言う場所に来てくれるか。副官の特借に近いはずだ」

「はい。どちらでしょう？　私服でよろしいですか？」

配置前、深夜でも呼び出されることがあるのが副官だと聞いていたが、一旦帰宅した後に呼び出されるのは今回が初めてだった。

「ああ、私服じゃないと困る。飲み屋だからな。場所は……」

入り口のドアが開く音と共に、溝ノ口の声が、妙な響き方をして途切れた。斑尾は、スマホを左手で強く耳に当てた。右手は、ポケットから取り出したボールペンを握っている。

それでも、続きは聞こえない。

斑尾が呼び掛けようとすると「そこでいい」と聞こえた。ただし、溝ノ口の声は電話越しではなかった。斑尾が、声のした方向に振り向くと、溝ノ口が店に入ってくるところだった。後には早苗も続いている。視線を落としているものの、気落ちしている様子はない。話し合いは、悪い方向になってはいなかったように見えた。

斑尾の頭は混乱していた。何故溝ノ口がここに来たのか。しかも早苗を伴って。溝ノ口も、同じように混乱しているようだ。しかし、店内を見回した溝ノ口の顔が、いかにも得心したとでもいうものに変わる。溝ノ口の視線を追うと、カウンターの奥に立つ古都子がいた。

「カウンターしか空いてないけど……こっちでいいねぇ？」

「ああ。いや、ここがいい」

古都子の問いかけに答えた溝ノ口は、斑尾の横に座った。そして、その向こう側に早苗を座らせる。

「どうしてこちらに？」

「私の方が同じことを聞きたいぞ。特借が近いのは知ってるが、偶然か？」

「あ、ここの店員の唯ちゃんが、友達なので」

斑尾が告げると、厨房《ちゅうぼう》の奥から唯が顔を出した。

「お久しぶりです。いらっしゃい」

唯が溝ノ口を知っていることに驚いた。久々に顔を出したなじみ客という雰囲気だった。

「前からここに？」

「ああ、那覇出張の時にはよく寄っていた」

偶然なのか、それとも縁なのか、斑尾の心中に疑念が湧く。溝ノ口が、メニューも見ずにスクガラス豆腐とビールを注文すると、まるで注文前から用意してあったかのように、古都子は直ぐさまスクガラス豆腐を置いた。島豆腐と呼ばれる少し堅めの冷《ひ》や奴《やっこ》に、スクガラスという小魚の塩からを載せた料理だ。唯も生ビールのジョッキを二つ置く。

「では、とりあえず乾杯だ」

狐《きつね》につままれたままの斑尾は、溝ノ口に言われて慌ててグラスを掲げる。

「で、さっそくだが本題だ。副官をここに呼んだのは、頼み事があったからだ」

「頼み事……ですか？」

「ああ。だが、その頼み事を話す前に、改めて今日までのことを謝っておかないといけないな。余計な気苦労をかけて済まなかった」

溝ノ口がそう言って頭を下げると、彼の向こうにいる早苗も続いた。

斑尾も慌てて頭を下げる。

「いえ、そんな……」

とは言ったものの、気にならなかったと言うのも、彼の副官として問題だろう。人間的にも問題だ。自《おの》ずと、斑尾の言葉はあいまいなものになってしまった。

溝ノ口は、早苗と話し合ったという。殊更深く話すことのなかった沖縄勤務時代の女性との付き合いや、沖縄米兵少女暴行事件とそれを契機としたその女性との衝突や沖縄勤務を希望した理由についても。

「理解はしてもらえた……と思っている。だが、理解はできても、釈然とはしないようでな」

溝ノ口の説明に、早苗が勢い込んで言った。

「それはそうでしょ。その女性とはうまくいかなかったとは言っても、沖縄を出て直ぐに私とお見合いして結婚した。その上、その後もその女性と会ってるなんて、何とも思ってないなんて考えられない。副官さんも、そう思うわよね？」

立ち入り過ぎた話題で同意を求められても困る。

「えっと……」

「あの時、お前とは会ったばかりで気が付かなかったと思うが、当時の私は、少々落ち込んでいたんだ。その女性とのことが原因じゃない。その少し前、那覇から異動が決まる直前に、同期の一人が死んでいる。航空事故だ」

「もしかして、枝川《えだがわ》さんという方？」

唐突に溝ノ口が語り出した衝撃に、早苗は思い当たることがあったようだ。

「ああ。一周忌にも出かけていたから覚えているか？」

「ええ。喪章なんて準備したのは初めてだったから……」

自衛官が同僚の葬儀や一周忌に出席する場合、制服に黒い腕章型の喪章を付けることが多い。斑尾も、饗庭野《あいばの》勤務の時に経験していた。

「同期の死、それも同じパイロットが航空事故で死亡する。あれは応《こた》える。副官の同期は、皆無事か？」

「はい。幸いにして、部外の同期も防大の同期も全員無事です。まあ、心身を壊している者はいますけど……」

斑尾は一般大学を卒業した、いわゆる部外幹部だが、同じ年に防衛大学を卒業し、幹部候補生学校でいっしょになった防大卒業生も同期と呼ぶ。

「そうか。寝食をともにした者が、同じ仕事で死ぬというのが、あれほど応えるものだとは、私も思っていなかった。今になって思えば、心の傷を埋めてくれる人が欲しかったのかもしれない」

バイオを見るだけでなく、多くの人から溝ノ口の話を聞いていても、この話は初めて聞くものだった。現在に比べれば、昔は航空事故が多かったと言う。溝ノ口が新人パイロットだった頃は、かなり改善されていたはずだが、今以上に危険だったのは間違いない。

「それもあって、沖縄からの異動が決まった後で告白した。暴行事件で関係が微妙になったとは言え、店には通っていた。しかし、付き合いでもしないと、プライベートで沖縄に来る理由はないからな」

溝ノ口は、独白するように言葉を紡いだ。

「だが、振られたよ。暴行事件でぶつかったこともあって、当時の私は、ヤマトンチュウである私に対して、思う所があるのかと考えた。それに、危険な仕事に就いていることを気にしているのかもしれないとも思った」

「危険な仕事ですか……」

斑尾は、今まであまり意識してこなかった。可能性としては考えても、同期が事故で亡くなるなんて、どうしてもイメージできなかった。

「ああ。那覇を発《た》つ時、見送りに来てくれた彼女に『あなたには、やりたい事があるのでしょう。頑張ってね』と言われたよ。危険だからといって、パイロットを辞めるなど考えられなかった」

「それで、私と結婚する時に、私にあんな風に言ったのね」

早苗の言葉は、溝ノ口がプロポーズの時に『危険な仕事だが、それでも付いてきてくれますか？』と聞いてきたことを言っているのだろう。

「そうだ。私の勘違いだったがな」

「勘違いですか？」

オウム返しの問に、溝ノ口は無言のまま肯いた。

「ああ。同期が亡くなったばかりだったからな。〝やりたい事〟というのは、パイロットを続けることなのだと思った。だが実際は……」

そう言いかけて、溝ノ口は、カウンターの向こう側、古都子を見た。

「本人から聞いた方がいいかもしれないな」

斑尾は、思わずのけ反った。喉まで出かかった奇天烈《きてれつ》な声を飲み込む。溝ノ口が付き合っていた女性とは、古都子のことだったのだろうか。それなら、溝ノ口が〝ゆんた〟に現われたことも肯ける。思えば、古都子と早苗は、どことなく、おっとりとした雰囲気が似ていた。斑尾は、納得すると同時に、少しだけ安心した。溝ノ口の思い人が、金城女史ではなくて良かった。古都子と金城女史は、同じ店で働いていたのかもしれない。

　斑尾は、頭を振ってそんな思いを切り替えると、早苗を見た。どんな顔をすべきか迷っているという様子だった。それでも、早苗に思う所があるようには見えない。店に入って来た時に顔を伏せていたのは、やはり目を合わせ難かったのかもしれない。

「昔話をするのは、どんなぁかねぇと思うんだけど」

　古都子は、少しはにかんだ顔で言った。

「私がやりたいことと言ったのは、飛行機に乗ることじゃないよぅ」

　そう言った古都子は、遠い目をしていた。

「少女暴行事件の時、溝ノ口さんとは、ちょっと言い合いになったわけ。結局、仲直りしたけどねぇ。それは、溝ノ口さんが、本当に沖縄のことをしっかりと考えてくれていたから」

　古都子が、目を閉じる。

「あの時聞いた言葉は、今でも覚えているよぅ。『俺は、将来航空自衛隊を左右できる立場になって沖縄に戻ってくる。その時には、沖縄と自衛隊、そして沖縄と米軍との架け橋になる』ってね」

斑尾が横に掛けている溝ノ口を見ると、照れくさそうにビールを口にしていた。

「沖縄から見送る時に、〝やりたい事〟と言ったのは、このことだったのよ。偉くなって、沖縄に戻って来て欲しい。そのために頑張って欲しいってね。ちゃんと言っていたとおりに戻って来たんだから、これからが本番さぁ。しっかり働いてもらわんとねぇ」

二人の間に、そんなやり取りがあったことに驚いた。そして、溝ノ口が抱えている想《おも》いを耳にして、斑尾のグラスを握る手にも力が入る。だが、同時に疑問も湧いた。

「あの……。でしたら、司令官とお付き合いしても良かったんじゃないですか？　差し出がましいことを聞いていると思いますが」

斑尾の疑問に、古都子は微笑んだ。

「うちなぁとの架け橋になるって聞いた時は、びっくりしたよ。この人はとってもすごい人だねぇと思ったよ」

古都子の瞳《ひとみ》に、寂寞《せきばく》の色が浮かぶ。

「なのに、昔の私は何も考えてなかったのよ。大好きなうちなぁで、普通に生活できたらいいと思ってたわけさぁ。だからかねぇ。ついて行くことが、なんだか恥ずかしくてさぁ。これからは、私も愛しているものを守る人になりたくて、頑張らんといけないと思ったわけさぁ」

「古都子さんが愛しているもの？」

「うちなぁ。うちなの文化と言うのかねぇ。ここで家庭料理を出しているのも、三線《さんしん》もそうだねぇ」

　まるでおまけのように言っていたが、師範でもある古都子の三線は由緒ある流派の本格的なものだ。ＣＤを出していてもおかしくないくらいだった。

「でもねぇ、ただうちなぁにず〜といたかっただけかもねぇ。自衛官は、転勤族だからねぇ」

　そう言うと、古都子は柔和に微笑んだ。ただその人を好きだという感情だけで付き合えるものではない。斑尾にもそれは分かる。いくら好きだったとしても、自衛官を辞めて家に入ってくれ、心震わせるタクティクスの世界から離れてくれと言われたら、斑尾は、それに応と答えることはないだろう。

「それでだ」

　斑尾の自問が片付いたと見たのか、溝ノ口が流れを引き取った。斑尾は身構える。話は、本題、溝ノ口の頼み事に戻るのだろう。

「昔のことはあるにせよ、今はここで飲むだけの付き合いだ。わざわざ秘密にして来るほどのことはないと思うんだが、安心できないのは致し方ない。とは言え、悪魔の証明を求められても、答えようがない」

　溝ノ口は、そこで言葉を切った。斑尾が、言葉を消化するのを待ってくれた。

「だから副官は、早苗の言うとおりにしてくれないか?」

早苗から求められたように、斑尾が溝ノ口を監視すれば良いのだろうか。斑尾は、驚きに言葉が詰まってしまった。

「変なことを頼んでゴメンなさい。でも、やっぱりお願いできないかしら」

早苗の追い打ちに、溝ノ口が駄目を押す。

「副官が古都子さんと知り合いだったのは偶然だが、唯ちゃんと友達なら、頼むまでもなく、妙なことがあっては困るだろう」

確かに、溝ノ口の言う通りだった。溝ノ口が、唯の母親である古都子と浮気などしたら、誰にどう接したらよいものか、人付き合いがうまくない斑尾にとって、難題過ぎる問題だった。

「分かりました。特別、何かをしなければならない訳でもありませんし」

溝ノ口が、まなじりを下げて「すまんな」と言うと、早苗は報酬を約束してくれた。

「この人が副官さんに無理を言ったら、私に連絡してね。私から言ってあげるから」

「おいおい。俺は副官に無茶なんて言わないぞ」

溝ノ口の抗議に、早苗が「そうかしら?」と応える。斑尾は、やっと緊張を解くことができた。自然と頬が緩んだ。

だが、緩んだ頬は、溝ノ口の次の一言で凍り付いた。

「ところで、喜友名さんに、話が通じ過ぎる気がするんだが、気のせいか？」

恐る恐る溝ノ口を見やると目が合った。溝ノ口は見透かしている。言い逃れは不可能だった。

「す・み・ま・せ・ん」

声が引きつる。

「何ぶん、人生経験が足りませんし、奥様の懸念は杞憂だろうと思ったので、古都子さんに相談しました……」

「なるほどな。大方、小説で読んだというのも喜友名さんの言葉じゃないのか？」

鼻息は荒かったが、幸いなことに、怒ってはいないようだ。続けられた言葉は、冗談めかしていた。

「しかし、副官と話す時は、気を付けた方がよさそうだ」

冗談っぽいとは言え、斑尾は、返す言葉がなく恐縮する他ない。しかし、その斑尾に代わって、早苗が強烈な返し技を放った。

「あら、副官さんに秘密にすることがあるの？」

「ばっ、馬鹿なことを言うな。そんなものはない」

「だそうよ。お仕事頑張って下さいね。主人をよろしく」

普通に言われたなら快諾すべきだろう。しかし、早苗の言葉には微妙な含みもある。斑尾は、消え行ってしまえとばかりに小声で答えた。

「わ、分かりました……」

「それにしても、ママとお客さんがそんな関係だったなんて、初めて聞いたよ」

微妙な雰囲気を振り払うように唯が言うと、古都子は「若かった頃のことさぁ」と言って笑っていた。しかし、そのやり取りを見ていると、斑尾の心中に笑えない疑念が湧いた。古都子と唯、そして視線を隠すようにして溝ノ口の顔を順繰りに見やる。唯は私生児だった。

「怜於奈ぁ。あんた今、変なこと考えてるでしょ」

斑尾の疑念を見透かしたように古都子が言う。

「あっ、いえ……」

隠せていないどころか、動揺を丸出しにした斑尾の言葉に、古都子は微笑しながら、右手を唯の頭に乗せた。それだけで、斑尾にも古都子の言いたいことが理解できた。唯の身長は、百五十センチもない。長身の溝ノ口のDNAを受け継いでいるとは思えなかった。それに、面長の溝ノ口に対して、唯は愛嬌《あいきょう》のある丸顔だ。

「や～めて！」

唯は、視線を上げ、ミナミハコフグのような顔をしていた。斑尾は、可愛《かわい》いと思っている。しかし、当の本人にとって、身長はコンプレックスだった。

「怜於奈も、変なことを考えないでね！」

笑いに包まれている店内で、斑尾が、カウンターに並ぶ早苗を見やると視線が合った。無言のままゆっくりと頭を下げる。

斑尾は、心の中で申告した。

『斑尾二等空尉は、本日をもって、監視任務を命ぜられました！』

そして、視線を戻すと、今度は古都子と視線が合う。古都子のちょっといたずらっぽい笑顔を見ていると、重大なことを思い出した。

「あ～！！！！」

「今度は何を思いついたんだ？　変なことじゃないだろうな」

溝ノ口が、眉根を寄せながら問う。

「あ、ご安心を。司令官のことじゃないです」

斑尾は、そう言って、視線を古都子に戻す。

「酷いですよ。私は何度も副官になることを悩んで唯と相談してたじゃないですか。次の司令官のことを知ってたんですよね。確か、名前も話したと思いますし」

古都子は、微笑を苦笑に変えた。

「分かってたさぁ。だけど、うちが言うのも変でしょ？」

奥ゆかしいというか何というか、古都子は、こういう人だった。斑尾は、どっと襲ってきた疲れに椅子の背に体を預けた。

第三章　副官付の気配り・機転

副官室は静かだった。司令官が不在で、決裁や報告に訪れる幕僚《ばくりょう》が少ないためだ。もちろん、在室中の副司令官や幕僚長室を訪れる者はいる。しかし、最終的な決裁者である司令官が不在だと、報告や決裁を他《ほか》の日にスケジューリングしている幕僚が多い。昼までに副司令官室に入った幕僚は、夕方に戻るはずの司令官に決裁してもらいたいと考えている急ぎ案件を抱えた者と、逆に余裕をもったスケジューリングをしている者だった。

それに、静かな理由は、もう一つあった。副官室自体にも人が少ないのだ。司令官が、那覇基地内に所在する南西航空警戒管制団、略して南警団に視察に行っている。当然、副官の斑尾は随行だ。守本も司令官車の運転で同行している。その上、三和も別件で出かけたため、彼が出て行った後は、村内一人しか残っていなかった。その村内に声をかけてきたのは、トイレに行っていた幕僚長、馬橋賢治《まばしけんじ》一等空佐《いっとうくうさ》だった。

「静かだな」

小太りの馬橋は、少しゆったりとした制服を着ている。ダイエットに励んでいる成果だった。前任地だった空幕では、運動する時間が取れなかったため、南西空司令部着任時には、はち切れんばかりだった。それが、少し大きめに見える程に改善された結果が、制服のゆとりだった。顎《あご》の周りの肉も大分落ちてきている。馬橋を見上げた村内は、心の中だけで、皺《しわ》が増えたかなと呟《つぶや》いた。

「はい。おかげでたまっていた業務が片付けられます」

何か用だろうか。昼食後に、お茶を出したばかりなので、さすがに、まだ喉《のど》は渇いていないはずだった。

「何かございますか？」

村内は、立ち上がって、問いかける。

「座ったままでいいぞ。大した用があるわけじゃないからな」

と言われたところで、立ったままの一等空佐と座って話などできない。馬橋もそれは心得ている。座れと繰り返すことはなかった。

「副官は、どんな調子だ？」

副官、及び副官をサポートする副官付は、編制上、どの部にも属していない。簡略化された組織図では、描かれてさえいない事も多い。建前上は、司令官に直接指導監督を受ける立場だ。しかし、人事上の管理など実質的には幕僚長である馬橋の指導監督を受けている。

新任の副官が、しっかりやれているのかどうか、気にすることも彼の仕事の内なのだ。それを見定めることができるのは、副官室で最も長い経験を持っている村内だった。

「やっと慣れてきた、という所だと思います。頑張ってらっしゃいます。週末も、出てきてたみたいでした」

村内が月曜に出勤した時、金曜まで未処置だった仕事が、かなり処理されていた。

「週末も出てたのか……」

馬橋は、渋い顔をしていた。

「私や守本二曹も、手助けすると言っているんですが、分からないことはともかくとして、分かることには早く慣れるようにと考えているみたいです。今は、部隊の初度視察準備で手一杯のようです。まだ決まっていない分屯《ぶんとん》基地の初度視察日程なんかもあるんですが……」

「抱え込み過ぎなければいいがな」

自衛隊でメンタルヘルスが叫ばれるようになって久しい。完璧《かんぺき》主義者ほど、メンタルをやられる可能性が高い。

「精神的には、大丈夫だと思います。鈍感力は高そうです」

「そうか。それならいいが、抜けが起きないかは心配だな」

「それは……まあ、しばらく我々がフォローするしかないと思っています」

「そうだな。まあ、多少の失敗は仕方ない。経験者がフォローしてくれ」

そう言って、部屋に戻ろうとして歩き出した馬橋は、急に何かを思い出したように足を止めた。

「そう言えば、前に言っていた大会は、そろそろか?」

「あ、はい。再来週です。副官が戻ってきたら、休暇申請を出そうと思ってました」

「そうか。職種拡大までして打ち込んでるんだ。頑張れよ」

「ありがとうございます」

村内は、廊下に消えようとする馬橋に頭を下げた。

村内は、前任地が久米島《くめ》にある第五四警戒隊だった。秋田《あきた》県出身の村内は、久米島に赴任するまで、マリンスポーツとは無縁の生活を送っていた。秋田にも豊かな海があるものの、マリンスポーツをするには冷たすぎた。

村内は、せっかく沖縄、それも周囲を海に囲まれた離島勤務になったのだからと始めたウインドサーフィンにどっぷりとはまってしまった。それに、結婚した妻は、久米島出身で、県外への異動を嫌がった。

航空自衛隊は、幹部ほどではないにせよ、曹《そう》でも定期的に異動がある。沖縄の次が北海《ほっかい》道《どう》ということも珍しくはない。ウインドサーフィンは、他県でもやれる場所はある。だが沖縄ほど一年を通じてコンディションのよい海はない。

村内は、悩んだ結果、それまでの特技職を捨て、特技拡大という制度を使って、新たに総務の特技を取った。元々の特技、警戒管制レーダー整備では、勤務場所がほぼレーダーサイトに限られる。人数の多い那覇基地ならば、総務の特技があれば、勤務できる部隊が多い。部隊はどこでも良いから、沖縄県内で勤務させて欲しいと希望した結果が、副官付だったのだ。

午後三時を回り、溝ノ口と斑尾が戻って来た。守本は、まだだ。車を片付けているのだろう。

「お疲れ様でした。不在中、特異事項はありません」

溝ノ口を出迎えると、簡潔に報告する。

「分かった。ご苦労様」

視察は屋外も多かったはずだ。冷たい飲み物を準備した方がいいだろう。額に汗を浮かべた斑尾に問いかける。

「コーヒーとお茶、どちらが良さそうですか？」

「コーヒーがいいんじゃないかな。最後にもらってたのはお茶だったから」

斑尾に問いかけると、的確な答えが返って来た。このあたりは、さすがに慣れたようだ。

「分かりました。それじゃ、アイスコーヒーにします」

村内は、そう言って給湯室に向かうために歩き出したところで思い出した。

「あ、副官、補給課から催促のメールが来てました。早く確認して回答した方がいいですよ」

「分かった～」

斑尾は、初度視察の随行で疲れたのか、目を閉じて椅子《いす》の背もたれにそっくり返っていた。

「ホントに、大丈夫かな？」

村内は、斑尾に聞こえないように声を潜めて呟いた。まだ大きなミスは出ていない。だが、細かなミスは、既に何度もフォローしていた。

＊

副官室は、今日も静かだった。司令官は沖縄本島中部にある恩納《おんな》分屯基地に初度視察に出かけている。那覇基地から北北東に約五〇キロ、高速道路を使えば一時間弱で着く。そのため、司令官車で移動していた。当然、斑尾だけでなく、ドライバーでもある守本も不在だ。三和だけが、留守番《るすばん》する村内の同僚だった。副司令官と幕僚長を訪れる幕僚のコントロールを三和に任せ、村内はたまった雑事の処理をしていた。

「副官から、久米の初度視察日程の件は聞いてないか～」

軽い調子で幕僚の声が聞こえてくる。

「あ、すみません。私じゃ分からなくて……」

副官室入り口付近に座る三和は、斑尾とほぼ同時に副官付となった。斑尾と同様に、まだ業務には慣れていない。決裁、報告以外の目的で副官室を訪れた幕僚には、まだ十分な対応ができるとは言い難かった。

「どうされました？」

村内は、カウンターの奥から助け船を出した。

「あ、村内もいるじゃん」

村内は、副官付勤務四年目だ。大抵の幕僚とは、気軽に話せる間柄になっている。特に、元警戒管制レーダー整備の村内にとって、装備部の幕僚は、話しやすかった。三和に声をかけてきたのは、装備部補給課の築紫《ちくし》一尉《いちい》だった。

「すみません。雑事がたまってたので、隠れてました」

「そか。副官から久米の初度視察日程の件を聞いてないか。総務に聞いたら、まだ決まってないって言われたんだけど」

視察の日程を決めるのは総務課の仕事だ。しかし、その前に移動手段など、副官が調整に関《かか》わることは多い。

「Ｃのメールは見てました。副官から返信がなかったんですね？」

「見逃したかと思って、古いメールもチェックしたんだけど、なかったよ」

「失礼しました。候補日が八日か、十四日のどちらかということまでは決まってました。そのどちらがいいか、司令官の意向が確認できていないという理解で間違いないですか？」

「そのと～り」

少々芝居がかった言い方。だが、自衛隊の中では、さほど違和感はない。

「そうでしたか。私も、その件は聞いていません。今、恩納の初度視察中で、状況報告を受けている最中のはずです。副官に連絡を取って、確認してみます」

「頼むよ。那《な》ヘリから、早く日程を決めてくれってせっつかれてる」

那ヘリと略される那覇ヘリコプター空輸隊は、那覇基地から南西航空方面隊隷下《れいか》の分屯基地に物資や人員を輸送する端末空輸が主任務だ。分屯基地には滑走路はなく、ヘリポートしかないため、司令官の視察にも使用される。司令官の視察日程が決まらなければ、彼らも運航計画を決められないのだ。

「那ヘリに迷惑をかけてたんですね。すみません」

「那ヘリだけじゃないよ。五四警の通電がやきもきしてる。トラブルがあって、緊急ではないものの、早めに運んで欲しいと言われてるモノがあってね。だから、五四警の通電は、八日だとありがたいみたいだな」

ヘリは、そう簡単には飛ばせない。運ぶべき荷物はまとめて運ぶことがベスト。司令官の移動でフライトのスケジュールが組まれるならば、その時に合わせて物資も運ぶのだ。

「そうでしたか。急ぎ連絡してみます」

五四警は、村内の元部隊だ。そこに迷惑をかけているかと思うと、殊更心苦しかった。

築紫一尉は、「頼むよ～」と困った状況の割には緊迫感に乏しい声を上げて、戻っていった。

「まだ確認してなかったのか……」

村内は、独りごちて、自即電話の受話器を上げた。斑尾は恩納分屯基地での状況報告に列席している。今電話しても出るはずはない。その間に、現状を確認しておこうと思った。電話帳を見なくとも、番号は覚えている。指が素早くボタンの上を行き来する。

「はい。通電小隊」

長年勤務した古巣だった。

「もし。南西空司副官付、村内三曹です」

自衛隊では、「もしもし」と続けることはしない。「もし」は一回だけだ。明治の時代から続く通信要領の名残らしい。

「お～、久しぶりだな」

名のらずとも、誰なのか声で分かった。良い意味でも、悪い意味でも、村内をかわいがってくれた先輩だった。

「お久しぶりです。梶《かじ》先輩」

「どうした？　副官付は、暇なのか？」

「いえ。司令官視察のあおりで、そちらに迷惑をかけているらしいと聞いたので、どんな具合なのかなと思いまして」

「ああ、PS《ピーエス》の件だ。空輪日程が決まらないと、いろいろと余波があってな。早く部品が来て欲しいと思ってるところだ」

「もしかして、例のオバケですか？」

　機器の異常が検知され、故障の修理を始めても、同じ状態が再現しなかったり、部品を一つも交換しないのに故障が直ってしまうことがある。その手の故障をオバケ故障と呼んでいた。整備員にとって、ある意味、一番やっかいな故障だ。そうしたオバケ故障は、パワーサプライ、つまり電源を交換し、電源品質を改善させることで良くなるケースも多い。パソコンのエラー原因が、電源の容量不足だったりするのと同じだ。村内が、五四警に勤務していた頃《ころ》から多発していた不具合だった。

「前より良くはなっているんだが、根本的には直らなくてな」

　築紫一尉は、緊急ではないと言っていた。まだ予備部品の在庫はあるのだろう。しかし、明確な故障ではないオバケ故障にまで在庫を使ってしまえば、いざという時に足りなくなりかねない。空輪の目途《めど》があるなら交換、目途が立たないなら、他の手段で何とか収めようという腹なのかもしれない。

「そうでしたか。迷惑をかけてスミマセン。急ぎ、調整します」

状況は把握できた。だから、村内は、早々に電話を切ろうとした。自分が捨てた職場だ。長話はしたくなかった。

「ああ、頼むぞ。ところで、お前の方はどうなんだ?」

意に反して、引き留められてしまった。

「あ、はい。ぼちぼちです。何とかやってます」

「そうか。俺《おれ》には分からねえが、大変なんだろうな。頑張れよ」

村内のおざなりな答えに、梶の返しも当たり障りの無いものだった。

「ありがとうございます。それでは、失礼します」

村内は、逃げるようにして電話を切った。前の職場、特技から逃げだしたのだ。何気ない言葉にも、裏があるのでないかと思えていたたまれなかった。

壁に掛けられた無機質な時計を確認して、独りごちる。

「状況報告は、まだ終わってないか……」

副官もスマホを持ち歩いている。私物のスマホに、業務に関係する情報は送れないが、電話をしてくれと伝えることはできる。村内は、自分のスマホからショートメールを送った。

程なくして、自即電話が鳴る。村内は、受話器に手を伸ばしながら時計を見た。ちょうど、状況報告が終わる時刻だった。

「はい。南西空司副官室、村内三曹です」

「斑尾二尉です。何？」

息せき切った声というのは、こういう感じだろうか。走ってきた訳ではないのだろうが、斑尾の息は上がり気味だった。

「補給課の築紫一尉から来ていたメールの件、未回答ですよね。司令官の意向確認は、完了してますか？」

「補給課の筑紫一尉……」

斑尾は、直《す》ぐに内容を思い出せなかったようだ。村内は、苛立《いらだ》ちを抑えきれない声で告げる。

「久米の初度視察日程の件です。候補日になっている八日と十四日のどちらがいいか、司令官に意向を聞いて欲しいというやつです！」

「あ～、あれか、ゴメン忘れてた。まだ聞いてない」

村内は、口から飛び出しそうになった余分な一言を飲み込み、用件だけを告げる。

「那ヘリと余波を食った五四警が困ってます。至急、確認をお願いします」

「了解！」

「でも、その前に……」

言いかけた村内の言葉は、斑尾に遮られた。

「ゴメン、訓示が始まるから、また後で！」

叫ぶようにして告げられた後、電話は切られてしまった。村内は、ため息をつきながら呟いた。

「大分放置されてたからなぁ。候補日に問題がないか、再確認した方がいいと思うんだけど……」

村内が代わって確認しても良いのだが、さすがに差し出がましいと言われる可能性があった。副官と副官付、自《おの》ずと領分と呼ぶべきものがある。だが、一方で、斑尾の気がそこまで回っているかは疑問だった。

「一応、聞いとくか」

村内は、苛立ちと不安がないまぜになった気持ちを抱えて、立ち上がった。

「ちょうど良かった～」

総務課の事務室に入ると、村内が口を開くよりも先に、富野三曹から声をかけられた。手には菓子箱がある。十数個が入っていたらしい菓子箱の中には、五個ほどの萩《はぎ》の月《つき》が残っていた。総務課内は、配り終えた後のようだ。見回すと、既に湯呑《ゆの》みを片手にぱくついている者もいる。萩の月は、仙台《せんだい》銘菓だ。仙台に近い松島《まつしま》基地から誰か来たのだろう。

「一つどうぞ。三和三曹の分も持って行って下さい」

富野三曹に遠慮すると『そんなこと言わないで』と返され、余計に時間を取ることは分かっている。なので、萩の月を二つ手に取り、本題に入る。

「久米の初度視察日程の件なんだけど、候補日は、来月の八日と十四日だったよね。あれ、状況は変わってないかな？」

「あ、八日はマズイですよ。訓練の関連で、防衛課がその日は避けて欲しいそうです」

その情報は、聞いた記憶はなかった。

「それ、連絡してもらってた？」

「メールしたと思いますけど……簡単な話だから、副官さんだけにしたかも……」

そう言って、富野三曹は送信済メールを確認する。村内の懸念レベルが上がる。斑尾が司令官に聞く前にこの情報を入れないと、面倒な事になるかもしれなかった。心臓が早鐘を打っていることが分かる。

「あ～、やっぱりＣＣしてませんでした。転送しときます」

「ＯＫ、でも、ちょっと見せて」

村内は、富野三曹のパソコン画面を覗《のぞ》き込み、メールの文面を目で追う。

「問題ですか？」

「問題になるかもしれない。急いで副官に連絡しないと」

しかし、司令官と斑尾は、訓示の途中だ。連絡もできない反面、斑尾が司令官に確認を取ることもない。多少の時間的猶予はある。

「どんな具合なんです？」

訓示は二十分くらいかかるはずだった。調整が必要になるかもしれない。村内は、富野三曹にも今回のトラブルについて、概要を話した。

そして、急いで総務課を後にすると、早足で副官室に戻る。三和に萩の月を一つ放《ほう》ると、もう一つを自分の机の上に置いた。

「防衛課に行ってくる」

各部の事務室内では、各課が〝島〟と呼ばれる机の塊を作っている。防衛部の事務室に入ると、村内は防衛課の島に、栗原《くりはら》三佐の姿を探した。背が高い上に、まだ四十代にもかかわらず、沖縄の珊瑚《さんご》に訪れている危機と同じモノに見舞われている。白化《はっか》現象だ。しかも、被害は著しく進んでいる。おかげで、直ぐに見つかった。

「栗原三佐、すみません。司令官の出張日程の関連で伺いたいのですが、よろしいですか？」

部隊では、三等空曹が、異なる所属の三等空佐に声をかけることなど極めて稀《まれ》だ。曹の下っ端である三曹から、尉官を通り越して佐官である三佐では八階級も上になる。直属上司であっても、なかなか話す機会さえないことが普通。しかし、副官付には、ままあることだった。当然、最初は戸惑ったが、さすがに慣れた。

「何？」

声をかけられた栗原三佐も、いたって普通に返答してくれる。部隊であれば、こんなことはない。

「実は……」

村内は、概要を告げ、防衛課が八日の司令官出張を避けて欲しいと考えている理由を問いただした。

「他幕も絡んだ訓練なんで、調整先が多いんだ。この日に司令官説明をして了承を得ないと、隷下部隊の調整が間に合わない見込み。かといって、総隊司令官の決裁が七日予定らしいんで、前倒しもできない」

他幕というのは、航空幕僚監部《かんぶ》以外の幕、つまり陸自と海自だ。

「なるほど。この日しかないって訳ですか」

「そう。出張日程の方を調整してくれないかな」

「分かりました」

村内は、軽く頭を下げて、島を離れた。八日は、どうあってもダメらしい。となれば、司令官には久米島の初度視察日程を十四日で了承して頂くしかない。

村内は、足早に副官室に向かった。訓示が終わる前に、斑尾に連絡しておく必要がある。

村内は、壁に掛けられた時計を見た。この三十分で、何度見たか分からない。訓示はとうに終わり、昼食も終了している頃だった。斑尾にコールバックをして欲しい旨のショートメールは送ってあったが、未《いま》だに連絡がなかった。

「そろそろ行かないと、昼食時間が終わってしまいますよ」

三和に言われるまでもなく、時間は認識している。それでも、今優先すべきは昼食ではなかった。

「分かってる。でも、巡視が始まるまでは待つ。あと五分。その間に、電話して欲しいんだけどな」

恩納分屯基地の初度視察時程では、午後から基地内巡視となっている。それが始まってしまえば、斑尾には電話をする余裕がなくなる。村内は、受話器に手を伸ばばそうか迷っていた。

「やめておくか……」

電話をかければ連絡は取りやすい。だが、電話はかけた相手の仕事をインターラプトしてしまう。本当に緊急事態でなければ、視察に随行している斑尾の邪魔はするべきではなかった。事故が発生した訳ではないのだ。

気持ちを落ち着けようと、受話器の代わりに、アイスコーヒーを入れたマグカップに手を伸ばそうとした時、自即電話が鳴った。指が、マグカップに引っ掛かり、中身が机の上にこぼれる。

「はい。南西空司副官室、村内三曹」

「何？」

名前も告げてきていないが、村内にとっても、その方が話が早くて助かった。左手でティッシュペーパーをつまんで机を拭《ふ》きながら言葉を継ぐ。

「例の件ですが、八日はＮＧです」

「ＮＧ？　何で？」

抗議の意思が乗った甲高い声が響いた。

「防衛課が、訓練日程の関係で八日を避けて欲しいそうです」

「だって、八日か十四日って言ってたじゃない」

「副官が放置している間に、状況が変わってるんです」

村内は、言外に非難を込めて言う。

「でも、そんなの聞いてないよ。村内三曹だって、八日はＯＫだって言ってたじゃない。だから、司令官に確認を取ったのよ。八日が良いって」

村内は、天、いや天井を仰いだ。

「富野三曹からメールが行ってます。確認して下さい。それよりも、八日は、本当にNGですから、司令官に謝って十四で了承を取って下さい」

「無理よ。司令官は、もう久米の基地司令に電話しちゃってる。久米仙《くめせん》に見学に行くことまで固まってるっぽい」

久米仙というのは、久米島にある泡盛《あわもり》の酒造会社だ。正式名称は『久米島の久米仙』という。というのも、沖縄本島にも久米仙酒造という会社があって紛らわしいからだ。

「何でこんな時だけ……」

思わず、ぼやきがこぼれてしまった。

「何とかならない？」

斑尾の声が、急に今までに聞いたことのない弱々しいものに変わる。

「先ほど防衛課にも行って確認してきたんです。本当にNGなんですよ」

何とかするとしても、防衛課はどうにもならなそうだと分かっている。

「他の都合をずらしてもらうとか……」

「そう言われても、妙案なんて思い付かないですよ」

「了解。とにかく、今は基地内巡視に行かないと。その間に、対策が見つかったら教えて」

切り替えが早いのは、斑尾の美点だった。

「分かりました。考えてみます」

そうは言ったものの、本当に妙案なんて、何の当てもなかった。電話を切り、文字通り頭を抱える。

「防衛課の方は、どうにもならないことは確認済み。となれば、どうにかなる可能性があるのは五四警か……」

視察の調整をしているのは、五四警の基地業務小隊の総務だ。その中には、副官とは呼ばれないものの、五四警隊長のために副官的業務をしている者がいる。村内にとって、カウンターパートと呼べる存在だ。

対応策を練るためにも、まずは情報収集すべきだった。クリアシートに入れられたカウンターパートの電話番号簿を確認して電話をかける。呼び出し音を二度鳴らせないのは、副官室と同じだった。

「はい。総務、小向《こむかい》三曹」

直接顔を合わせたことはないものの、何度も電話で調整したことのある相手だ。

「南西空司副官付、村内三曹です」

「お疲れ様です。初度視察の件ですか？　八日に決まったと隊長から伺いました」

「ええ。その件なのですが、実は……」

村内は、簡単に状況を伝え、今から十四日に変更した場合に、五四警側に問題が生じないか尋ねた。

「八日もしくは十四日という候補日を南警団司令部から聞いた時点で、どちらの日程になっても大丈夫なように、こちらでは準備を進めてました。八日に決定という話も、先ほど聞かされたばかりなので、変更になっても部隊は問題ありません。見学をお願いしている久米仙には、早めに連絡を入れる必要がありますが、今ならまだ大丈夫だと思います。変更は確実ですか？」

「司令官確認はこれからですが、ほぼ確実です。部外への連絡を含め、準備だけはお願いしていいですか」

「了解しました。確定したら、こちらの方にも、連絡をお願いします」

正式な決定は、南西空司令部の総務から、南警団司令部を通じて五四警に伝達されることになる。イレギュラーなラインで調整している以上、結果は、正式なラインだけでなく、イレギュラーなラインでも直接に伝達してやらないと、混乱の元となる。

「もちろんです。手間を取らせて申し訳ないです。よろしくお願いします」

五四警の視察日程を調整する総務には、今からでも変更可能なことは確認できた。後は、一旦《いったん》八日に決定したことで走り出した輸送の関係で、問題が生じないかということ、特に、日程を八日から十四日に後ろ倒しすることで、早めの輸送を希望していた村内の古巣、五四警の通電小隊に迷惑をかけないかが問題だった。

ここまでの調整状況を、斑尾にメールする。もちろん、秘密保全に配慮して、最小限の内容だけに留《とど》めた。


「おいおい、勘弁してくれよ」

続いて訪れた装備部補給課で事情を話すと、隣接する整備課の島から声が上がった。

「八日に決まったという話だったから、五四警の通電小隊も、それに合わせて動き始めてるんだぞ」

整備課からの抗議は、村内にとっては、ありがたくもあった。

「私も、五四警の通電小隊所属でした。今回の件で、状況も聞いています」

そう言うと、村内は、補給課の築紫一尉に向き直って言葉を継ぐ。

「何とかなりませんか?」

「何とかって……こっちに言うってことは、八日も十四日もヘリを飛ばせってことだろ?」

筑紫一尉は、村内の意図を察して、髪を掻《か》き上げていた。

「何でこっちにとばっちりが……そりゃ、急《せ》かしたのはこっちだけども……」

「迷惑をおかけして申し訳ありません。こちらの調整不良です」

村内は、そう言って頭を下げた。

ミスをしでかしたのは斑尾だ。それでも、ここから調整を図るには、この場にいる村内が頭を下げるべきだ。こうした〝知恵〟も、長い副官付経験のたまものだった。

「防衛は、どうにもならんのか？」

それまで、無言で聞いていた装備部長、奥戸《おくど》一佐だった。

「訓練に陸自と海自もからんでいるため、この日程は動かせないそうです」

「そうか」

そう言うと、奥戸一佐は、筑紫一尉を見た。

「所要はどのくらいだ」

奥戸一佐が聞いているのは、今回の輸送所要量だろう。ヘリを二回飛ばせるだけの輸送所要があれば、那ヘリに二度のフライトを要請することができるはずだ。一回で済む予定な以上、二回分の所要があるはずはない。だが、ぎりぎりなら、所要量を増やせば二回のフライトを要請できる。

「正直言って、かなり余裕があります。五四警の通電が要求している補用部品は、五〇〇キロ程度です。容積だって一立方あるかどうか……」

「その他は？」

「三トン弱です」

「五四警に追加の要望を聞いてみたところで、まだ余裕がありそうだな」

那ヘリが使用しているヘリ、CH－47、通称チヌークは大型だ。装甲車両を吊《つ》り下げて飛行することも可能だったはず。村内は、濃さを増した暗雲に、奥歯を噛《か》み締めた。

「南施に問い合わせてみろ」

奥戸一佐は、装備部の一番奥、施設課の島に一人だけ在席していた幕僚に声をかけていた。

「南施にですか？」

声をかけられた幕僚、近藤《こんどう》一尉は、部長の意図に思い当たることがないのか困惑顔だった。それに答える奥戸一佐の声には、苛立ちが混じる。

「取り付け道路の拡張工事をやる予定じゃなかったか？」

「あ、はい。来月からです」

「大きな岩がじゃまだって話だったろう」

「あっ、発破の件ですね」

苛立ちを越え、あきれ気味に変わった奥戸一佐の言葉に、近藤一尉は、やっと何かを察したようだった。直ぐに自即電話に手を伸ばしていた。しかし、村内には、何のことなのかさっぱりだ。

「混載制限だよ」

村内の疑問を察してくれたのか、答えらしきものを投げてくれたのは、筑紫一尉だ。

「混載……、いっしょに搭載してはいけないってことですか？」

「ああ、弾薬や一部の火工品には、安全への配慮で混載制限がある。岩を爆破するんだろうな。工事用のダイナマイトか何かを運ぶ予定があるのかも」

「なるほど。混載制限がかかる物品を運ぶためには、量は少なくても、二回に分ける必要があるって訳ですね」

「そう。発破の予定があれば、そうした火工品を運ぶ必要があるかもしれない。火工品を民間のフェリーに載せるのは大変だからね」

そう言って、筑紫一尉は、CH－47ヘリでの混載制限リストを見せてくれた。弾薬や火工品だけでなく毒劇物など、結構な品目がリストアップされていた。

そうこうしている内に、電話口で、なじみのない専門用語を並べていた近藤一尉が受話器を置く。

「やはり混載制限に引っかかる爆薬などがあるそうです。オーダーは、今日中に上げると言ってます」

「それなら八日と十四日の両日に飛んでもらえます」

筑紫一尉の報告を受けて、奥戸一佐が肯《うなず》いた。

「だそうだ。両日程でCHのフライトを確保する。今後は、ちゃんと調整するように。副官に言っとけよ」

村内は、深々と頭を下げる代わりに、少し長めに敬礼した。村内が言わずとも、奥戸一佐も、斑尾のミスだと察してくれていることが嬉《うれ》しかった。

＊

コールバック要求のショートメールを入れてあったので、基地内巡視終了予定の時刻を過ぎると直ぐに斑尾から電話がかかって来た。

「八日はやはりNGです。五四警の方は、久米仙の見学を含め、十四日への変更に問題ないことを確認しています。司令官には事情を話して十四日に変更で確認を取って下さい」

那覇に戻る前に司令官に休憩してもらうための時間だ。用件は素早く、簡潔に話さなければならない。

「了解、分かった。ゴメン」

さすがに応《こた》えたのか、斑尾の声は力なかった。気を取り直してもらうためにも、要求はしっかりせねばならない。

「八年もので手を打ちましょう」

「え？」

電話口で、目をしばたいている姿が目に浮かぶ。

「古酒《クース》ですよ。久米仙に行くんでしょ？」

「八年か……でも、分かった。了解」

「言っておきますけど、装備部にも必要ですからね！」

「え、装備に？　何で？」

「一旦八日と決まったことで、輸送を始め、いろいろ動き出してたんです。それを変更というか、結果的に八日と十四日の二回飛んでもらう調整をしてもらいました。詳しくは、戻って来たら話しますが、頭を下げに行った方がいいですよ」

「そうなんだ。いろいろ迷惑をかけちゃったみたいね」

「それはいいですよ。古酒で手を打ちますから。それよりも、今後は抜けが起きないようにして下さいね。まずは、那覇まで無事に戻って来て下さい」

「了解。ありがとう。今は……視察に集中しとく」

電話を切ると、村内は、やっとひと心地つくことができた。アイスではなく、しっかり香りのするコーヒーが飲みたくなった。給湯室に向かおうと立ち上がると、電話が鳴る。反射的に手を伸ばした。身についた習性で、三和に遅れをとることはめったにない。

「はい、南西空司副官室、村内三曹」

「お疲れ。俺だ。今、いいか？」

無骨な言葉は、五四警にいるレーダー整備の先輩、梶一曹だった。

「はい。大丈夫です。ちょうど、休憩しようと思ってたところでした」

「それなら良かった。ちょっと礼を言わないといけないと思ってな」

「礼ですか？」

村内には、何のことなのか思い当たらない。

「一旦決まった視察日程がひっくり返ったらしいが、補給に口を利いてくれたおかげで、八日にもフライトしてくれることになったらしいじゃないか」

「調整したのは、整備部ですよ。私はお願いしただけです。それに、そもそも副官室のミスが原因なんで、お願いというより、本当に頭を下げに行っただけです」

「そうか？　そうだとしても、苦労を分かってくれているやつが上にいると助かる。俺たちの仕事は地味だからな」

「そうですね。異常なく動いていることが当たり前だと思われてる」

村内は、レーダーサイト勤務時代のことを思い出していた。ちょっとした異常が発生しただけでも、整備をサボっているんじゃないかと言われた思い出は数知れずだ。

「そう。それを維持することに苦労があるんだけどな。だから、上にそれを分かっている人間がいて、少しでも配慮して動いてくれているってのは、心強い」

先輩は、わざわざそれを言いたくて電話してくれたのだろうか。だとしたら、それは村内にとっても嬉しいことだった。自分が捨てた職場から、理解してもらえることが嬉しかった。だから自然と言葉がでた。

「ありがとうございます」

「何言ってるんだ。礼を言ってるのはこっちだぞ」

「いえ。本当に」

村内は、なんだか気恥ずかしかった。短い言葉に、梶一曹も同じように感じているように思えた。

「何にせよ、頑張れよ。大会もそろそろだろ」

「あ、はい。ありがとうございます」

村内は、五四警の昔の仲間に申し訳なく思っていた気持ちが、沖縄の夏空のごとく、晴れ渡ってゆくような気がしていた。

第四章　これぞ副官

簡素な事務椅子《いす》に座り、薄暗い部屋の隅で待機することにも慣れてきた。モーニングレポート、略してMR《エムアール》とも呼ばれる報告会は、基本的に毎朝行われる定例報告だ。司令官溝ノ口の両翼に、副司令官、目黒宏《めぐろひろし》空将補と幕僚長《ばくりょうちょう》、馬橋一佐《いっさ》が並び、彼らの前方、左右に分かれて各部長や監察官などの部長級幕僚が並ぶ。最後に部屋に入った溝ノ口が席に着くと、ざわついていた部屋に静寂が訪れた。

「では、始めます」

馬橋幕僚長が、おもむろにその静寂を破る。

部屋の奥、演台で待ち構えていた最初のブリーファーがパワーポイントを使い報告を始める。他のブリーファーは、その後方壁際に並び、自分の番を待って座っていた。斑尾は、副官業務に関係しそうな話題だけ簡単にメモをとる。

総務部からの報告は、大抵の場合、淡々と進む。そもそも、特段の報告事項がなく、何も報告がない課も多い。斑尾が副官業務に就いて一ヶ月ほど経過したが、援護業務課などは、MRの場での報告を耳にしてもいない。一般と比べると若年で定年を迎える自衛官の再就職フォローは、重要な仕事ではあるものの、司令官が直接に判断しなければならない問題が少ないらしい。

溝ノ口や副司令官の目黒が口を挟むことが多いのは、総務部の次に報告する防衛部の報告だ。

「どんな状況だったんだ?」

この日、溝ノ口が詳細な内容を聞きたがったのも、防衛部運用課からの報告だった。尖《せん》閣《かく》周辺で珊瑚《さんご》の密漁を行った中国《ちゅうごく》漁船を海上保安庁が拿捕《だほ》した。この漁船が、魚を捕るためには不審だとして海保に通報したのが、海上自衛隊の航空機P－3Cだったという。溝ノ口が聞きたがったのは、海自P－3Cの活動についてだった。

「こちらに入ってきた情報では、五空群のP－3《パパ・スリー》が、通常任務の監視活動中に発見し、一一管に通報したということだけでした。詳細は、確認後に報告致します」

五空群は、空自那覇基地に隣接する海自那覇基地に居を構える海自の航空部隊、第五航空群の略称だ。同じく、一一管は、沖縄周辺海域を管轄する海上保安庁の第一一管区海上保安本部の略称だった。

担当エリアのほとんどが、海上の上空となる南西航空方面隊では、海自や海保との協力が欠かせない。とは言え、斑尾にとって、その事実は副官に配置されるまで、単に人に聞いた知識でしかなかった。陸上で活動する高射群勤務では、フェリーを使って離島に展開する時以外は、業務上ほとんど縁がなかったからだ。

副官配置となってからも、今までは五空群司令が、溝ノ口に表敬訪問してきた程度だった。

「いや。その必要は無い。ちょっと興味があっただけだ」

運用課のブリーファーは、溝ノ口の言葉に、「了解しました」と答えて演台を降りた。溝ノ口が不要だと言った以上、運用課は詳細を確認しようとはしないだろうし、後で報告に来ることもないだろう。

斑尾が、溝ノ口の副官となってから、まだ一ヶ月しか経過していない。まだ一ヶ月、さりとて一ヶ月だ。以前から溝ノ口を知っていた人はともかく、新たに溝ノ口と接触するようになった司令部要員の中では、当然のことながら、斑尾が最も溝ノ口と接している。

斑尾は、溝ノ口が「ちょっと興味があっただけ」と言った時の横顔が気になった。確かに「ちょっと」かもしれないが、その程度は、少なからぬ「ちょっと」であるように見えた。

内心はどうなのか、帰宅時の車中ででも聞いてみようと思った。

MRが終わり、行事や来客がなければ、幕僚が続々と報告や決裁に訪れる。幕僚長、副司令官、司令官の順に滞りなく決裁を受ける者もいれば、途中で確認や修正のため、それぞれの部に戻って行く者もいる。彼らのコントロールは、副官の仕事だ。斑尾は、やっとのことで司令部の幕僚全員の顔と名前、それに階級を一致させることができるようになったところだった。まだ、このコントロールを迅速、的確に行えるレベルとは言えないものの、副官付の面々にいろいろと聞きながら、何とか適切な処理ができる状態にはなっていた。

今日も、冷や汗をかきながら、彼らをコントロールしていると、そうした報告や決裁とは別の用件で副官室を訪れる人物が現われた。

「水畑一尉《いちい》は、何の報告ですか？」

総務課、渉外広報班長を務める水畑一尉は、それほど頻繁ではないものの、総務部の幕僚の中では、かなり高頻度で司令官に報告に訪れる幕僚だ。

「いや。副官に用があって来たんだ」

「何ですか？　嘉手納《かでな》への訪問の件ですか？」

米軍関係の調整窓口は、渉外広報班長が務めることになっているのだそうだ。那覇基地と嘉手納基地は、直線距離にして二〇キロ弱。日米同盟で共同する関係上、往来は多い。溝ノ口が着任して一ヶ月ほど。まだ訪問の機会は訪れていないが、溝ノ口の希望もあり、近い内に訪問しようという話が出ていた。

「いや、別件だよ。実は、副官に頼みたいことがあるんだ」

「何でしょう？」

「『翼《つばさ》』に寄稿してくれないかと打診が来た。数少ない女性副官としての苦労とかやりがいを書いて欲しいそうだ」

『翼』は、航空自衛隊の連合幹部会という、名前だけ聞くと極めて怪しげに思える団体が発行している機関誌だ。昔の将校に当たる幹部自衛官は、全員否応《いやおう》なく連合幹部会の会員にさせられる。そして、年に三回という変則で、この機関誌の購読を余儀なくされる。もっとも、斑尾の場合、余程の暇でなければ、パラパラと眺める以上の読み方をすることは稀《まれ》だった。

「え〜」

思わず、不満と抗議の意がダダ漏れな声が出てしまった。やっと通常業務には慣れてきたとは言え、付加業務をこなすには、まだ辛《つら》い状況だった。

「そう言わずに頼むよ。斑尾二尉が副官に選ばれたのは、女性自衛官が活躍できる場に就いていることを示す、っていう広報的な意味もあるはずだと思う」

「そうなんですか？」

「そういう意義もあるんじゃないかってことだよ」

通常、副官室の入り口は、大きく開け放たれている。そして、司令官などの部屋に行くには、必ずここを通らなければならない。当然、帰る時も同じだ。水畑と話していると、司令官室に報告のために入っていた、装備部の幕僚が、報告終了を示すために右手を挙げて通り過ぎた。

「何の意義だ？」

低く響いた声は溝ノ口だった。水畑とそろって会釈する。多分、トイレに行くつもりだったのだろう。

「あ、私が副官に選出された意義です。女性自衛官に活躍の場があることを示すという狙《ねら》いがあったのではないかということなんですが、そうだったのでしょうか？」

「もちろん、それもあるぞ。実務だけを考えれば、異性の副官は、むしろ面倒が多い。それを覆した要素ではある」

溝ノ口は、そう言うと、腕を組んで何やら自慢げに言った。

「女性自衛官は相当な比率になったが、いまだに女性自衛官の配置を嫌がる指揮官もいる。率先垂範《そっせんすいはん》、副官がＷＡＦなら、少なくとも南西空隷下では、そうした者も、ＷＡＦの配置が面倒だなどと言えなくなるだろう。当然、ＷＡＦの募集にも効果があるはずだ。もちろん、そのことだけで決めた訳ではないがな」

水畑は、溝ノ口の言葉に肯《うなず》いた。

「そんな訳で、斑尾二尉に『翼』への寄稿を頼んでいました」

「なるほど。で、副官は快く引き受けた……という訳じゃないのか？」

ヤバイ！

溝ノ口は、微妙に不満げな顔を見せていた。

「意義は理解できるのですが、なに分にも、まだ円滑に業務を回せるレベルになっていませんし、最近は初度視察関連の調整も多くて……」

「円滑じゃなくても、何とか回っているだろう。それに、重要性を考慮すれば、優先すべきは寄稿の方だな。副官、やれ！」

こうも明確に命じられてしまうと、返す言葉はなかった。

「了解しました……」

とは言え、命令を受領したことを示す返答は、語尾が消え入るようになってしまった。

実を言うと、小学生時代から作文は大の苦手だったのだ。

たとえ初級であっても、幹部自衛官は、命令や訓練計画など文章を作る機会は多い。しかし、そうした書類に書く文章は、いわゆる〝文章〟とは遠くかけ離れたものだ。霞《かすみ》が関《せき》文学ならぬ、市《いち》ヶ谷《や》文学と呼ぶべきなのかもしれない。最初は戸惑うものの、慣れてしまえば、存外楽に書けた。斑尾も、市ヶ谷文学なら書ける自信が出来ている。しかし、幹部会の機関誌とは言え、書かなければならないものは読み物だ。気分は急降下だった。

水畑が和やかな表情で帰り、斑尾がこめかみを押さえて業務に戻っていると、トイレから戻ってきた溝ノ口が眼前を通り過ぎた。

「副官、原稿は見てやるから、広報班長に渡す前に見せろよ」

全国の幹部自衛官に恥をさらすより、溝ノ口一人に恥をさらす方がマシなのかもしれない。とは言え、数で評価できるものではなかった。

「はぁ……」

極めて情けない返答になってしまったが、溝ノ口は何やら楽しげに笑っていた。

＊

退庁する司令官を送り終え、司令部に戻ってくると、斑尾は防衛部の運用課に足を運んだ。課業が終了し、一時間近く経過していたが、ほとんどの幕僚が席に着いている。それでも、雰囲気はリラックスしていた。

「今日は、ナイトでしたね」

自衛隊は二十四時間営業だ。夜間の任務に備え、暗くなってからの飛行訓練も欠かせない。夏の沖縄では、まだまだ明るいため、ナイトと呼ばれる夜間飛行訓練は始まってもいない。運用課員の多くは、ナイトが終わるまで帰宅できないのだ。

斑尾が声をかけたのは、運用課の総括班長、忍谷三佐だ。誰《だれ》が担当なのか分からない話は、総括班長に話せばＯＫ、というルールらしきものも、やっと覚えた。

「何だ？　司令官は……帰ったよな？」

「はい。お呼びという訳じゃありません」

斑尾に声をかけられると身構える幕僚は多い。斑尾が、司令官のメッセンジャーとなっていることが多いからだ。忍谷は、身構えこそしなかったが、その可能性は脳裏を過《よ》ぎったようだ。

「副官の用事だとすると、チャンバーのことか？」

「いえ、チャンバーは、再来週に行かせて頂けることになりました」

チャンバーは、正式名称を航空生理訓練という。訓練という名前だが、戦闘機やT－4のような戦闘機に近い性能を持つ訓練機に搭乗するのに必要な資格を得るための研修のようなものだ。この訓練を受けていれば、パイロットでなくとも、戦闘機の後席であれば搭乗することができる。地上にいながら、高度一万メートル以上の高空と同じ極めて低い気圧を体験する。そのための低圧訓練装置という気密室がチャンバーと呼ばれるため、訓練自体も、通称でチャンバーと呼ばれているのだ。チャンバーを行う施設は、全国でも三か所しかないため、スケジュールが詰まっていた。斑尾の副官就任直後から、訓練を受ける調整をしていたものの、なかなか予約が取れていなかったのだ。

「MRで報告されていたP－3の関連です」

斑尾は、副官に就くと決めた時から、スペシャリストたろうとしている高射以外の事にも、可能な限り首を突っ込もうと決めていた。自分の見識を広めるためには、単に勉強するよりも、直接関《かか》わった方がいい。副官というポジションは、そのために最適だった。

「やっぱり詳細報告が欲しいって？」

「いえ。そうではなくて、司令官にＰ－３に搭乗して頂く機会は作れませんか？」

「乗りたいって言ってたのか？」

斑尾と忍谷の会話に割り込んで来たのは、生え際に強い後退角の付いた運用課長、海老《えび》原《はら》二佐だ。

「送りの車内でＰ－３の話をしたんですが、乗りたいと仰《おつしや》ってはいなかったものの、そんな雰囲気でした」

海老原と忍谷は、渋い顔をしていた。

「難しいですか？」

守本に相談したところ、職務上役立つことであれば、司令官の希望は、大抵の事なら実現してもらえると言っていた。村内も、「この程度であれば、難しくないと思います」と言っていた。

「司令官希望なら調整はするし、五空群も嫌とは言わないと思うんだが、今はどうだろうな？」

海老原の言葉に、忍谷も肯いた。

「二ヶ月くらい前の話だから、副官がこっちに来る前だな。P－3の研修を司令部の幕僚数人が受けたんだ。ところがそれがマスコミに叩《たた》かれた」

「マスコミに叩かれた？」

MRで話が出るくらいだし、運用課は、頻繁に海自とも連絡を取っているらしい。双方の業務を知っておくための研修は、意義のあるものに思えた。それが叩かれた理由が分からない。

「テレビのニュースでも流されたし、新聞記事にもなった。見なかったか？」

海老原の言葉に斑尾は首を振った。説明してくれたのは忍谷だ。

「司令官ならともかく、南西空司令部の幕僚を相手にした研修で、わざわざ特別のフライトを組んでくれるほど彼らも暇じゃない。だから、通常の監視任務のフライトに乗せてもらったんだ。海自とすれば、任務のついでだから大した負担にならない。P－3は、機体サイズがでかいから、そのくらい乗せても特に問題にならない。負担と言えるのは重量が嵩《かさ》むことで燃料がちょっと余分にかかる程度だろうな」

「それなら、尚《なお》のこと叩かれる理由なんて無さそうに思えますが……」

斑尾は、素直な疑問を口にした。

「P－3は、足が長いだろ。彼らの任務フライトは、早朝に飛び立って、帰ってくるのは夕方だ。日によって経路が違うそうだが、その日は、那覇から飛び立って、八重山《やえやま》方面から尖閣方面、北上して中国が設置したオイルリグの近くや東シナ海をあちこち飛び回った。で、その話を記者の誰かが聞きつけてニュースにした。『自衛隊が税金を使って遊覧飛行！』ってな」

「遊覧飛行⁉」

忍谷は、肩をすくめて「そっ」と言った。

「参加した方は、成果をどう評価されていたんですか？」

「どう評価も何も、この研修は今までにも何度かやってるんだ。ほぼ一年おきかな。当然、過去の研修も含めて、効果が高かったからやっている」

忍谷の言葉を、海老原が補足してくれた。

「俺も一度乗ったが、海自の連中が、どんな活動を、どう行っているかよく分かった。百聞は一見に如《し》かずの言葉どおりだな。空自がサポートしなければならない状況では、どう支援する必要があるのか、参考になったよ」

「遊覧飛行なんて、完全な言いがかりですね……」

沖縄にしばらく住んでいれば、新聞やテレビといった沖縄メディアが相当に歪《ゆが》んでいることは簡単に分かる。自衛官の場合、転勤で全国を転々とするため、そうした違いは肌で感じるのだ。

「そっ。確かに言いがかりだ。だけど、こっちの人にはそんな情報しかないからな。情報収集をネット主体にしてしまった若い人は別として、情報を既存のマスコミに頼っている人は、これがすり込まれちまう。調整が必要ならやるけど、その前に渉外広報班長に報道の件を確認して、司令官の意向を聞いた方がいい」

斑尾は、海老原と忍谷に礼を言って、運用課を後にした。

「遊覧飛行だなんて、ふざけてる！」

斑尾は、運用課を出ると、その足で総務課に向かった。運用課と違い、席に着いている幕僚はまばらになっていたが、水畑はパソコンの画面に向かっていた。水畑は、担当業務に似つかわしくない程に鍛え上げられた体をしている。なんでも、日本どころか世界でも一位の某広告代理店に研修という名の出向をしていた際、体が鈍《なま》るからという理由でジムに通い詰めたそうだ。

「にいちゃん、ええ体してるなあ……」

斑尾は、冗談めかして声をかけた。

「今時、どこの地本《ちほん》でも、そんな声かけはしてないぞ」

地本は、地方協力本部の略称だ。各都道府県にある自衛隊の総合募集窓口となっている。昔は、体力をもてあましていそうな若者に、こんな声かけをしていたらしい。

そんな冗談を皮切りに、斑尾は運用課で聞かされた、遊覧飛行報道の件を水畑に問いただした。

「ああ、本当だよ。五空群のP－3がやっている監視フライトは、航空自衛隊が行っている対領空侵犯措置と同じ領域警備の一環だけど、その相互理解を図るための活動を、よりにもよって『遊覧飛行』だとして批判してきた」

水畑は、おどけた仕草と共に、数枚の書類を差し出してきた。

「これは？」

一番上の書類には、黒縁メガネを掛けた男性の写真が載っている。バイオグラフィーのようだ。

「その『遊覧飛行』を報じた番組のプロデューサーだよ」

「準備がいいですね」

まるで、斑尾の動きが読めていたようだった。

「な訳ないだろ。偶然だよ。でも、奇縁、何かの縁かな？」

「どういうことですか？」

なんと、そのプロデューサーから新司令官にインタビューの申し入れがあったそうだ。

水畑は、その件を明日報告するための資料を作っていたという。

「受けるんですか？」

「決めるのは司令官だけど、受けるべきだろうな。そう具申《ぐしん》するつもりだ」

「どうしてですか？　遊覧飛行だなんて書く方の取材なんて断ればいいと思います」

「沖縄の二紙、琉球タイムスと沖縄新報のシェアは九十八パーセントだ。テレビも、この二社の系列。彼らの取材を受けなかったら、我々のメッセージは沖縄県民に届かない。今はネットもあるけれど、お年寄りを中心に、情報は新聞テレビだけという人も少なくない。彼らの報道では、内容が歪められてしまうというおそれはあるけれど、県民に情報が届かないよりはいい。現状では、彼らの取材はありがたいんだよ」

「そうかもしれませんが……」

「だから、司令官のＰ－３搭乗も、今は控えておいた方がいいと思う。彼らの批判は無茶苦茶だけど、批判をものともせずに続ければ、彼らもヒートアップする。言い方は悪いけど、ほとぼりが冷めるのを待つべきだ。以前から続けられている研修だと抗議はしてある。時間をおいてやるなら、彼らもそれほど気にしないはずだ」

　水畑の言葉は理解できたものの、やはり釈然としなかった。

「明日、司令官報告するときに、そのニュースの録画データや関連記事のコピーを持って行くつもりだ。副官にもあげるから、後で見るといい」

　副官室前の廊下は、厚手の絨毯《じゅうたん》が敷かれ、普通に歩けばさほど音はしない。斑尾は、その廊下を長靴で踏み鳴らして副官室に戻ると、なじんできた椅子に悲鳴を上げさせた。

本は、ドアの開閉もドライバーの仕事だと主張し、頑として譲らなかった。

今日も斑尾は、カバンを溝ノ口の隣に置くだけだ。そして、自分は助手席に乗り込み、後は守本に任せる。

*

司令官車に司令官を乗せる時、ドアの開閉は斑尾が行えば、守本はすぐに車を発進させられるはず。だから、司令官を乗せた後は、斑尾がドアを閉めると提案した。しかし、守

「副官、今日も、ナイトがあったよな?」

「はい。訓練終了予定時刻は、二十時三十分頃《ごろ》だったかと思います」

南西航空方面隊司令官である溝ノ口にとって、飛行訓練だけが訓練ではない。それでも、事故が起こった時の影響を考えれば、どうしても飛行訓練を気にせざるを得ない。副官に就任して一ヶ月、そんな事も、やっと斑尾にも理解できるようになってきていた。

「出かけられますか? 必要なら、訓練終了を確認して報告します」

かなりの頻度で参加せざるを得ない地元の名士や企業との会合の予定が今日はなかった。司令官が特借から離れるために必要な申請はしていない。特借近くにいるしかないことを考えれば、〝ゆんた〟に飲みに行くつもりなのかもしれなかった。

「いや、必要ない。二十時から琉球テレビが放送する防衛関連の特集を見る。恐らく良い

描かれ方はしないだろう。そんな番組の最中にもし何かあればと、ちょっと気になっただけだ。弱気の虫だな」

自衛隊に批判的な番組の放送中に、『自衛隊機が事故』なんてテロップを出されたら目も当てられない。斑尾は、「了解しました」とだけ答え、自分もその番組を見ておこうと思った。

「ところで、P－3へ俺を乗せる算段をしていたと聞いたぞ」

運用課の誰かか水畑が話したのだろう。話の流れと溝ノ口の話しぶりからすれば、話したのは水畑の可能性が高そうだ。

「算段というか、その前段階として調べていたというところです。渉外広報班長からお聞きになったのですか？」

「ああ。回しすぎかと思うくらい気を回しているな」

「MRを機に、司令官が興味をお持ちだったようなので。それに、私が副官を拝命する時に、突っ込めるモノがあれば、何でも首を突っ込んでみようと決めていました。百聞は一見に如かずですが、一回の体験は百見に如かずかと思いまして」

「なるほどな。自己研鑽《けんさん》としてはいいかもしれんが、やり過ぎるなよ」

やはり司令官としても、P－3への搭乗は、進めなくて良いと思っていることが確認できた。お叱《しか》りを受けるのかと思ったが、許容範囲内だったようだ。

「はい。一応、それなりに自重はしているつもりです。今回も、渉外広報班長のお話を聞いて、それ以上は動いておりません」
「そうか。それならいい」
溝ノ口が、『遊覧飛行』の件をどう思っているのか聞いてみたかった。水畑の言うこと
に理があることは分かっている。それでも、斑尾の心の内には燻《くすぶ》っているものがあった。
「例のプロデューサーのインタビューを受けられると聞きました」
「ああ、反対か?」
何故なのか、溝ノ口の言葉には楽しげな雰囲気があった。
「インタビュー自体は、良い事なのだと思います。渉外広報班長の言う通り、メディアを
使わなくてはならないのなら、使うべきなのだと思います。ただ、ほとぼりが冷めるのを
待つのではダメなのではないかと思っています」
「『遊覧飛行』の件か?」
「はい。報道映像を見ました。空自や海自が行っている任務の意義や、相互研修の意義に
は全く触れず、単に一般の方が体験できない物珍しいフライトだからというだけで、『遊
覧飛行』だなんて言っています」
「そうだな。酷《ひど》いものだった」
水畑が報告に入った際、溝ノ口にも見せたはずだ。

「研修は、以前から行ってきたものだということを踏まえれば、確かにほとぼりが冷めるのを待てば、特に非難されることなく続けられるのかもしれません。研修の事実を秘匿すれば、非難されることもないのかもしれません。でも、それじゃダメなんだと思います。意義を説明し、研修を行うことが正当なのだと主張すべきだと思います。誠実に、やるべき事をやり続けていれば、いずれ分かってくれるなんて考え方は、日本国内でさえ、もう古すぎると思っています」

「これは厳しいな。古いか……」

　古いなどという表現では、言いたいことを言い表せているとは思わなかった。それでも、ボキャブラリーが乏しいのか、適当な言葉が思い浮かばない。

「申し訳ありません。若輩者の感想だと思って頂ければ……」

　車内には、沖縄特有のコーラルリーフロックで舗装された路面をタイヤが叩くロードノイズだけが響いている。助手席に座る斑尾には、後席に座る溝ノ口の表情は見えなかった。それでも、斑尾には、溝ノ口が思案げな顔をしているように思えた。

*

　司令官室の掃除は、普段から完璧《かんぺき》に仕上げてある。それでも、昨日は溝ノ口が帰った後に、副官室メンバー総出で、念入りに掃除した。今日も、来客の三十分前から、幕僚が溝ノ口に報告を行っている目の前で、応接セットの周りだけ、守本たちに仕上げの清掃を行わせた。その間に、斑尾は、給湯室でグラスを磨き、冷茶を出す準備をした。

新司令官のインタビューは、司令官室の応接セットで行うことになっている。そこに、宮里《みやざと》という名のプロデューサーは、撮影スタッフとインタビュアーとなるアナウンサーの女性を引き連れ、予定通りの時刻にやって来た。

水畑が案内しているので、斑尾は、司令官室や副司令官室の手前、副官室の前で会釈し、彼らの後に続く。何か対応が必要になった時のためについて行くだけだ。溝ノ口は、普段通りの飛行服姿で、司令官室の入り口で彼らを迎えていた。水畑も斑尾も迷彩服だ。

「プロデューサーの宮里です。本日は、よろしくお願いします」

対する宮里は、ジャケットこそ羽織っているが、少々ラフな格好だった。黒縁のメガネが、真面目《まじめ》そうな印象を作っているものの、斑尾には、それがむしろ嫌みに見えた。

「南西航空方面隊司令官の溝ノ口です。こちらこそ、よろしくお願いします」

ありきたりな挨拶《あいさつ》に続き、水畑が、斑尾を紹介し、宮里がスタッフを紹介すると、撮影スタッフは早速機材の準備を始めた。『遊覧飛行』報道のこともあり、斑尾は、剣呑《けんのん》な人物として予想していたが、宮里は、意外なほど丁重な姿勢だった。

周りでカメラや照明の準備がされる中、斑尾は、準備していたお茶を三人分出す。スタッフの分も用意はしてある。彼らの分は、グラスには注《つ》がず、ポットに入れたまま置いておいた。

「どうぞ」

「自衛隊では、未《いま》だにお茶くみは女性の仕事ですか？」

斑尾が、コースターとグラスを置くと、宮里が、その面貌《めんぼう》に反して、吐き捨てるかのように言った。

「彼女は、副官ですよ」

宮里の言葉に応《こた》えたのは溝ノ口だ。

「副官？」

溝ノ口と視線が合った。斑尾の口から説明しろということらしい。「秘書のようなもの」と答えるのが最も簡単な回答だ。しかし、宮里は、言外に自衛隊が女性蔑視《べっし》なのではないかとほのめかしている。「秘書のようなもの」では、言外の意図を肯定した答えとも捉《とら》えられかねない。斑尾は、一瞬だけ考えて口を開いた。

「実務面では、民間で言うところの秘書に近いです。ですが、歴史的には、副指揮官や指揮官の代理としての役割を負っていたこともあり、秘書と比べれば、かなり権威を持った役職と見なされています」

「権威がある？」

宮里は、理解不能だというように呟《つぶや》いた。それももっともだろう。斑尾にとっても本で読んだ知識でしかなく、実感は朧《おぼろ》だった。

「うまく説明する言葉が見つからないのですが、二等空尉という階級には見合わない扱いをして頂ける事が多いです」

一等空佐である部長でさえ、副官として尊重してくれることが多いのは感じている。

「それと、教育の場でもあるのです」

溝ノ口が何を言おうとしているのか、斑尾にも分かった。斑尾も言うべきか迷ったことだが、自分の口からは言いにくかったのだ。

「教育の場ですか？」

「ええ。民間では、社長などの重役になるためのキャリアパスに秘書は入っていないと思います。ですが、自衛隊に限らず、旧軍でもそうですし、各国の軍隊でも、上に行くためのキャリアパスとして副官というポジションは、非常に重視されています。私は、パイロットだったので副官は経験していませんが、副司令官の目黒将補は、副官経験者ですよ」

「なるほど。しかし秘書と同様の仕事で、教育としての効果があるんですか？　お茶くみをすることが将来の高級幹部として役立つとは思えませんが」

「それは、副官に答えてもらった方がいいでしょう」

そう言って溝ノ口が、再び視線を送って来た。

「まだ一ヶ月程度なので、自分が成長できた実感はありません。ですが、この一ヶ月で、非常に多くのことを学べたことは事実です。自衛隊は、様々な機能を持った部隊の集合体です。専門的な知識技能を持たないと役に立てませんが、司令官クラスでは、専門外の部隊についても知識技能がないと職務の遂行がおぼつかないということは、よく分かりました」

宮里は、肩をすくめるようにして「なるほどね」と言った。

「女性の副官は、多いのですか？」

口を挟んできたのは女性のアナウンサーだった。

「残念ながら女性自衛官の比率を考えると、まだ多いとは言えません。高級幹部へのキャリアパスという観点からすれば、これは女性の登用が進んでいないことの証左と見えてしまうかもしれません。ただし、ここ南西航空方面隊では、司令官の副官に女性自衛官を配置しているという事実は、見て頂きたい部分ですね」

こんなところで、『翼』への寄稿に関わる話が出てくるとは思わなかった。自分の実力ではなく、女性として広告塔の役目もあるのだと言われると、釈然としない部分もあるにはある。だが逆に、パイオニアの一人として、立派に副官を勤め上げなければならないという思いもする。妙なところで身の引き締まる思いがした。

「カメラテストを始めます」

機材の準備が終わったのだろう。スタッフの一人が声をかけてきたことで談笑の時間は終わり、インタビューに向けた最終準備に移行した。斑尾は、お茶を片付け、カメラのアングルが決まったところで、水畑の分と合わせて二人分のパイプ椅子をカメラの死角に置いた。斑尾は、インタビュー自体には関わらない。それでも、途中経過のチェックと記録、それに途中で幕僚を呼ぶ必要が出てきた場合に対応しなければならない。斑尾は、何が起こっても対応できるようにと身構えていた。

序盤は淡々と進んだ。インタビュアーの質問が、新司令官としての抱負などの一般的なものだったため、溝ノ口は、用意していた回答案をほぼなぞるだけで済んでいた。斑尾は、時折、近くに座る宮里の顔を窺《うかが》う。今のところは特に変化はなかった。

「では、続いて米軍基地問題についてお尋ねしたいと思います。県民の総意が反対しているにもかかわらず、辺野古《へのこ》への移設が進められていることについては、どうお考えでしょうか」

質問の内容だけでなく、インタビュアーの口調も変わった。中盤に入り、切り込んで来ていた。斑尾は、緊張にこぶしを握りしめた。

「確かに、現知事のダニー氏は、移設に反対の立場をとられていますが、決して沖縄県民が総意として反対しているのではないということは、申し上げておきたいと思います」

質問は、悪質な決めつけの上に立っていた。この時点で反論しておかなければ、県民の総意が反対しているものとして話を続けなければならなくなってしまう。

今のところ、切り込みに対して、溝ノ口はしっかり受け止めているように見えた。握ったこぶしが少しだけ緩む。

インタビューを受けると決まって以降、水畑は想定問答を作り、溝ノ口と摺《す》り合わせる作業を始めた。ところが、何故かそこに斑尾も参加させられた。実態は、水畑と斑尾が、溝ノ口の意向を受けて協同作業をした結果が想定問答となっている。その流れで、隣に座る水畑ほどでないにせよ、斑尾は、溝ノ口の語る一語一語を聞き漏らすまいと精神を集中させていた。

意地の悪い質問、自衛官目線ではそう言わざるを得ない質問、だが沖縄メディアの平常運転と言うべき質問が続く。平常運転だからこそ、予想ができ、想定問答を作ってある質問だった。

そして、時折、想定問答から若干外れる問いも投げかけられるも、溝ノ口は難なく的確に答えているようだった。斑尾は、水畑と共に、脳を酷使して想定問答を作ったが、そもそもそれが必要だったのだろうかという疑問も浮かぶ。そんな想定問答がなくとも、溝ノ口の見識なら、足を掬《すく》われることもなさそうに思えた。沖縄米兵少女暴行事件にからむ悔恨から、沖縄勤務を熱望していた溝ノ口は、米軍基地問題に対しても、斑尾など及びも付かない見識を持っていることは明らかだった。

米軍基地、空自や米空軍機の墜落などの事故、騒音、民間機との共用である那覇空港のキャパシティーなど、多くの問題をめぐって、インタビュー中盤に入った直後と同様に、悪質な決めつけや失言を誘う引っ掛け、それに誘導尋問のような質問が続く。

溝ノ口は、それらに問題なく対応していた。顔はにこやかに笑みを浮かべているものの、緊張していることは、彼の組み合わされた指が小刻みに拍子を打っていることで分かった。溝ノ口のくせなのだ。

傍らの宮里を見ると、面白くなさそうな顔をしている。彼は、『遊覧飛行』報道を行ったプロデューサーだ。溝ノ口の問題発言が欲しいのだろう。

「いったん休憩しましょう」

一時間ほど経過し、沖縄での防衛関係の諸問題について一通り質問がなされた時、宮里がインタビューを中断させた。

斑尾は、慌ててスタッフ分も合わせて冷茶を準備する。数が多いし、先ほどの〝女性にお茶くみ〟のやり取りがあったので、副官室に声をかけ、村内にも手伝ってもらう。総務課の富野も手伝ってくれると言っていたが、あのやり取りの後では、男性自衛官の方が望ましかった。

スタッフは談笑しながら、照明やカメラの調整をしていた。宮里は、インタビュアーと小声で話している。多分、これからの作戦を話し合っているのだろう。斑尾は、お茶出しが終わると、溝ノ口の右後ろに回った。

「何か、行うべきことがありますか？」

「大丈夫だ。あ、いやエアコンをちょっとだけ下げてくれるか」

「分かりました」

宮里とインタビュアーを合わせ、三人にはおしぼりも出してある。溝ノ口は、そのおしぼりで両の手をぬぐっていた。気温は快適と言える温度設定だったが、緊張で暑さを感じているのだろう。

インタビューが再開された。

「話題を変え、近年の沖縄地域での自衛隊の増強について伺いたいと思います。新たな陸上自衛隊の駐屯地《ちゅうとんち》ができるなど、沖縄では自衛隊の増強が行われておりますが、これは必要なことなのでしょうか？」

部隊の増強について問われることは予想していた。しかし、その必要性は、自衛官である斑尾たちにとって、あまりにも当然すぎることだった。

「南西航空方面隊は、二〇一七年に、南西航空混成団を改編することで成り立っています。また、それに先立つ二〇一六年には、それまでの一個飛行隊に、もう一個飛行隊を加えることで、第八三航空隊から第九航空団に改編しています。戦闘機をF－4EJ改からF－15に更新した他、第五高射群のPAC－3化など、装備の更新も進めてきました。これらは、現在の南西方面の航空脅威の増大に対応するために、もちろん必要なものです。陸上自衛隊の与那国《よなぐに》駐屯地、宮古島駐屯地の新たな開庁も、離島の防衛態勢整備に不可欠なものです」

「具体的には、中国の脅威ですか？」

「中国とは、尖閣諸島の領有問題があります。当然、それは考慮する必要があります」

「しかし、こうした自衛隊の増強こそが、中国を刺激し、紛争の火種になっているのではありませんか？　こちらが武力を見せびらかせば、相手もそれを脅威として備えるでしょう」

左派政党や沖縄メディアがよく使う主張だ。だから、回答は考えてあった。それでも、直接自分の耳で聞くと、彼らの思考が信じられなかった。何より、胸糞《むなくそ》悪い。

「我が国の防衛力は、あくまで防衛的なものです。尖閣諸島防衛のためであっても、中国本土への侵攻は意図しておりません。それに、日本国民が居住する与那国島や宮古島などの先島諸島にも攻撃を受けるおそれがあります。それを防ぐために、我々自衛隊が存在しているのです」

溝ノ口は、用意してあった想定問答を元にして、模範解答的に答えていた。結果的に、発想の基礎的な部分で異なるインタビュアーとは、今一つ噛《か》み合わない。斑尾は、その後も続けられたインタビューを、何やら空疎なものと感じていた。

「では、最後に、最近の話題について伺います。二ヶ月ほど前、当番組において、南西航空方面隊司令部の幕僚が、海上自衛隊のＰ－３Ｃ哨戒機《しょうかいき》で遊覧飛行を行ったことを報道しました。これに対して、司令官としてどのような反省と再発防止を図ってゆくつもりなのか、お聞かせください」

頭の中で何かが切れた気がした。握っていたのが鉛筆だったなら、へし折っていたかもしれない。溝ノ口の顔も、いくばくか紅潮していた。

この話題が出ることは予想していた。当然、想定問答も考えてあった。しかし、反省と再発防止などと言われることは予想していなかった。

「司令部の幕僚が、海自機に搭乗し、彼らの任務に関する知見を得ることは意義あることです。そのため、今回に限らず、この研修は、以前から行われてきたものです」

「反省や再発防止は図らないと？」

「ええ。頻繁に行う必要があるものではありませんから、次回は先になると思いますが、今後も実施することになると思います」

「今、溝ノ口司令官の口から、大変残念な言葉を頂きました。当番組では、この問題を引き続き追いかけてゆくことになるでしょう」

インタビューは、かなり険悪な雰囲気で終了することになった。撮影が終わり、双方が形式ばかりの礼を述べたが、ギクシャクした感は拭《ぬぐ》えなかった。

＊

「お疲れ様でした」

斑尾は、インタビューの片付けの前に、アイスコーヒーを出した。普段の溝ノ口は、コーヒーをブラックのままで飲む。しかし、今日はガムシロップを注いでいた。

「参ったな。予想はしていたが……」

溝ノ口は、アイスコーヒーで喉《のど》を潤すと、嘆息した。

「あんな言い方までしてくるとは、予想できませんでした」

水畑と共に想定問答を作った斑尾は、申し訳ない思いだった。

「あんな言い方を予想してなかったのは、私も同じだ」

斑尾には、「はい」と答える以上の言葉は浮かばなかった。

「副官の言う通りかもしれんな」

「私の……ですか？」

斑尾には、溝ノ口が何のことを言っているのか理解できなかった。

「古いと言っていただろう」

「あっ」

先日の車内での話だった。

「自分で言ったことではありますが……、今日のアレを聞いてしまうと、意義を説明したところで馬耳東風《ばじとうふう》になりかねないとも思えます」

「そうだな。やるからには効果的にやり、しっかりと結果を出す必要があるだろうな」

溝ノ口は、そう言うと黙して考え込んだ。斑尾は、それを見て、無言のまま会釈して司令官室を辞した。

斑尾が席に戻ると、副官室に設置してある電話の使用状況モニターランプが点灯した。司令官が、秘匿電話を使い、誰かと話を始めたようだった。コーヒーを飲み終わる頃を待って、報告に入ろうとしている幕僚にOKを出すつもりだったが、しばらくは、電話の使用状況を注視する必要がありそうだった。

溝ノ口が秘匿電話で話し始めてから十分ほど経過すると、斑尾のデスクに設置してあるチャイムが鳴った。溝ノ口が呼んでいるのだ。電話中を示すモニターランプは消えている。直《す》ぐさまメモ帳を持って立ち上がる。

「副官入ります。何でしょうか？」

「報告、決裁を止めていたか？」

「はい。電話中のようでしたので」

溝ノ口は、肯くと机の上にあったノートを片付けていた。

「入れて良いぞ。それと、渉外広報班長を呼んでくれ。手が空いたらでいい」

斑尾は、副官室に戻り、「入れるようになったら、急ぎ報告したい」と言っていた運用課の幕僚に入室可能になったと電話し、直ぐに席を立った。そして、水畑に司令官が呼んでいると伝える。

「先ほどのインタビューの件かな？」

「関連はあると思いますが、違うと思います。例の『遊覧飛行』の件じゃないかと」

「さすがに我慢ならなかったか」

「我慢できないというより、我慢したのではダメだと思われたようです。私が余計なことを言ったかもしれません」

「副官が何を言ったにせよ、決めるのは司令官だよ。直ぐに行く」

急ぎの報告があると言っていた幕僚を、先に入れておかなければならなかった。

「先に豊田《とよだ》三佐が入ります。それが終わったら、また声をかけます」

＊

「終わったよ」

斑尾がパソコンの画面から目を上げると、水畑が司令官室から出てきたところだった。

斑尾は、入室待ちをしていた装備部の幕僚に、手で入室を促すように合図し、総務課に戻ろうとする水畑を引き留めた。

「どんな用件だったのでしょうか?」

問いかけに、水畑は渋い顔を見せた。

「あ、お話しできない内容なら結構です。失礼しました」

「いや、副官に話せない内容じゃないんだが、どう転がるか分からない話でね」

そう言いつつも、水畑は溝ノ口の指示を教えてくれた。

「あの後、五空群司令と話したらしい。で、当然だけど、五空群司令もその話を聞いてご立腹だそうだ」

「ですよね。『遊覧飛行』したと非難されたのは空自の幕僚ですが、フライト自体は、通常の任務フライトだったんですよね」

「そ。で、何とかできないか考えて、一つのプランとして、P-3の警戒監視フライトを取材してもらったらどうか、ということになった」

「琉球テレビにですか?」

「いや。在京の局にだ」

ある意味、当てつけのようなものだが、より公正な報道をしてくれそうな東京の局を探そうということになったらしい。

過去には五空群でもラジオの体験搭乗取材は受けたことがあるし、他の航空群では、さすがに任務フライトではないものの、警戒監視の訓練フライトを取材させたこともあるという。同じ事を五空群でも実施し、同時に溝ノ口にも同乗してもらったらどうだろう、ということになったらしい。

「南西航空方面隊司令官として、同乗して得るものがあれば、当然幕僚のフライトも、遊覧飛行などではないと示せる、という訳だ」

「なるほど」

「ただ、テレビの取材となると、そう簡単に調整もできないし、何より希望する局がないと話にならない。五空群から海幕を通じて探すだけでなく、こちらから空幕の広報室を通して、局を探す協力もするように指示されたんだよ」

「では、しばらくは空幕広報室と海幕広報室の調整待ちですか」

「そうなるな。ただ、当然ながら、うまく話が進むかどうかは分からない」

水畑は、肩をすくめた。

「さて、関係部署に話をするための資料を作らないと……」

「お疲れ様です」

溝ノ口は、「やるからには効果的にやり、しっかりと結果を出す」と言っていた。中傷に対して、当てつけのような在京局の取材をさせただけでは、必ずしも結果に結びつくとは限らない。

「もしかして……」

斑尾は呟いた。溝ノ口は、もっと大胆なことを考えているのかもしれなかった。

＊

副官室の奥には、時折、関係のない幕僚が入り込んでいる場合がある。水畑が駆け込んで来た時にも、斑尾の後ろのパイプ椅子に、施設課の近藤一尉が掛けていた。司令官報告の順番待ちだった。

「司令官に至急で報告したいんだけど」

「今、防衛課の栗原三佐が入ってます。防警計画《ぼうけい》の関係ということで、長くなってます。何の報告ですか？」

近藤一尉が待っているので、本来なら、水畑には待ってもらわなければならない。

「P－3の件、琉球テレビが嗅《か》ぎつけて、共同取材させろと五空群にねじ込んで来たらしい。在京局に声をかけたから、そこから漏れたんだろう。五空群の広報担当から連絡が来た。五空群司令は、受けざるを得ないだろうって言ってるそうだ」

「取材って、明後日じゃないですか！」

海幕と空幕の広報から在京キー局の伝手《つて》を辿《たど》ってもらったものの、普段だったら飛びついて来そうな話題にもかかわらず、たまたまどこの局も食いついてこなかったという。水畑は、番組のスケジュールが合わなかったのだろうと言っていた。ところが、これもたまたまだったそうなのだが、チャンネル登録者の多い元自衛官ユーチューバーが、自衛隊への突撃取材を希望しているという話があったらしい。

元自衛官だということで、秘密保全の上でも問題が少ないため、このユーチューバーに声をかけた結果、二つ返事で彼のP－3搭乗取材が決まっていた。

水畑曰《いわ》く、今やインフルエンサーと呼ばれるユーチューバーは、テレビとさほど変わらない影響力があるという。斑尾は「さすがに詳しいですね」と言うと、水畑は、少々照れくさそうに笑った。大手広告代理店での研修は、渉外広報班長にとって得難い経験だったのだろう。スーツを着て広告マンとして働いていた水畑を想像する。何年か前に大学の同級会があった時に見たラグビー部員だった同級生のスーツ姿を思い出した。

そのユーチューバーの搭乗取材は、明後日の予定になっていた。これに共同取材を許可するとなれば、調整は急を要する。

「すみません。特急みたいですし、多分時間もかからないと思うので、先に広報班長に入ってもらってよろしいですか？」

斑尾は、振り向いて、もう二十分以上も待っている近藤一尉に声をかけた。

「仕方ない。僕のは説明だけでも十分はかかるからな。二人とも済んだら電話してくれ」

近藤一尉の案件は、那覇基地内に新しく建設するハンガーの件だと言っていた。関係者が多いので、説明するだけでも大変らしい。

「どうでした？」

報告を終えて出てきた水畑に声をかけた。

「『いいんじゃないか』と言ってたよ。五空群司令がOKを出しているんだし、断れとは言わないと思ってたけど、何だかむしろ喜んでる感じだった」

「そうですか……」

インタビュー以来、溝ノ口は、五空群司令と秘匿電話で頻繁にコンタクトを取っていたようだ。それに、斑尾は、この件に関連して、溝ノ口が防衛部長や運用課長とも相談していたことを知っている。溝ノ口や五空群司令は、本当の意味で、〝実態〟を見せようとしているのではないか。斑尾は、薄々そう感じていた。

「明後日だけど、副官にも手伝ってもらうことになると思う。司令官も了解済み。取材者の数が一気に増えたし、乗り込める人員は限られるからね。五空群と調整して、連絡するよ」

司令官が搭乗するため、斑尾も同行することになっていた。ユーチューバー一人だったら、五空群の広報担当と水畑で対応できる。しかし、テレビ局の撮影クルーまでいるとなれば、人手が足りないのは理解できた。司令官への対応よりも、広報を手伝えということ行こうと考えた。

なのだろう。

「分かりました」

予習が必要かもしれなかった。斑尾は、課業外にでも、運用課の忍谷三佐に話を聞きに

*

副官に配置されてから、慌ただしさには慣れてきたはずだった。それでも、P－3にテレビのクルーまでもが同乗することに決まってからは、輪を掛けた慌ただしさだった。その慌ただしさも、今日のフライトが終わってしまえば落ち着くはずだ。午前九時、既に刺すような日差しが降り注いでいた。

「初めまして。ユーチューバーをやっている〝もとじい〟です。今日は、よろしくお願いします」

第五航空群でP－3を運用している第五二飛行隊のブリーフィングルームで、斑尾の目の前に立っているのは元陸上自衛官だというユーチューバーだった。元自でもあり、面倒は少ないだろうという理由で、ユーチューバーのアテンドは斑尾が任された。テレビクルーは、何をしでかすか分からない上に、人数を絞らせたとは言え、プロデューサーの宮里とカメラマンの二人がいる。テレビ局は、五空群の広報担当と水畑が面倒を見ることにな

っていた。

もとじいは、危害防止の観点から半袖《はんそで》禁止を申し渡されたためか、長袖のTシャツにジーンズというラフな格好だった。斑尾は、いつものごとく迷彩服だ。

「美人の副官さんに面倒を見てもらえるなんて、ラッキーです」

「お世辞を言っても、甘く見たりしませんからね。元自なら分かっていると思いますが、わきまえた行動をお願いします」

斑尾は、必要以上に近寄り、後半部分のキーを落として言った。

「嫌だなぁ。分かってますよ。ユーチューバーにこんな機会をもらえるなんて、感謝してるんです。南西空司令官は美人の副官を侍《はべ》らせてたなんて、言うわけがないじゃないですか～」

もとじいのアテンドを申しつかってから、彼の動画を見ていたので、軽～い調子なのは把握してある。言うわけがないと言いつつも、その軽～い調子は要注意だった。だから、機会があれば、早い内に釘《くぎ》を刺そうと思っていた。

「脱柵《だっさく》」

「は？」

斑尾が、静かに言い放つと、もとじいは、目を白黒させた。

「脱柵」

同じ言葉を繰り返す。

「あの……何を？」

「一応、調べさせて頂きました。経歴を」

彼は、二任期四年間を勤め上げて自衛隊を退職していたが、最初の教育期間中に脱柵、つまり部隊からの脱走を試みていたのだ。その後に、もちなおしたようだが、この前科、いや経歴は、しっかり記録に残っていた。自衛隊における脱柵、それはそれは、かっこ悪いことこの上ない。

「あなたのことを知っている〝誰か〟が、『こいつカッコイイこと言ってっけど、脱柵したんだぜ』なんて、動画にコメントしないといいですね」

もとじいは、何かを言いかけて口を開きかけたまま、固まっていた。

「今日は、大人しくしてくださいね」

斑尾が和やかに言うと、もとじいは、やおら姿勢を正す敬礼、つまり気をつけの姿勢を取って叫んだ。

「了解しました！」

「ちゃんと締めましたね」

「はい。ばっちりです」

もとじいにシートベルトの装着状況を確認させる。陸自だったので、自衛隊機に乗った経験はないということだった。多少緊張しているように見えた。斑尾の前方には、溝ノ口が座っている。今日は、もとじいのアテンドをしなければならないこともあるが、機上の人になってしまえば、副官としての仕事はほぼない。出てくるとすれば、部隊に非常事態が発生した場合くらいだろう。一応、その時のためにノートパソコンは持ち込んでいる。と言っても、通信環境がない空の上では、できることはたかが知れていた。

「なかなか離陸しないですね」

「那覇空港では、緊急性の高くない自衛隊機の優先順位は最後です」

こんな事実は、以前から知識としては知っていた。実態として、感じるようになったのは、副官になってからだ。MRで報告を聞いたり、足を運んだ運用課で航空機の運用状況を見る機会に恵まれたからこそ、理解できたことだ。

地上滑走の後、滑走路脇《わき》で少々待たされてから離陸が許可された。那覇空港は過密なので、着陸機が続いてしまった時などは、確かに致し方ない。これでも、第二滑走路の運用が開始され、改善されてはいるのだ。

P－3はターボプロップ機なので、斑尾が乗り慣れたC－1などのジェット機よりもゆるやかに上昇してゆく。P－3は窓が少ない。席に着いていると、機体中部に座る斑尾やもとじい、それにテレビクルーに、外の景色はほとんど見えなかった。

取材のためのデモとは言え、警戒監視任務を理解してもらうためのフライトである。実任務よりも距離、時間を限定しつつも、やることは変わらないとブリーフィングで説明されていた。

那覇を離陸し、高度三〇〇メートルという低空飛行のまま、久米島方向に向かい始める。シートベルトを外す許可が出ると、溝ノ口、テレビクルー、もとじいの順で、コックピットに移動して説明を受けた。

「窓は少ないですが、この窓から見える景色は最高です」

もとじいは、順番待ちの時間も撮影をしていた。彼は、コックピットの後方に設置されている半球状の張り出し窓からマリンブルーの海を撮っているようだった。

「バブルキャノピーというそうです。目視での警戒監視用ですね」

もとじいは、撮影した後に、声だけ後で録音する方法もあると言っていた。しかし、なるべくその時の感動を残したいので、極力その場で音声も録音するのだそうだ。

「これがソノブイです。ずらっと並んでいますね」

もとじいは、斑尾たちのいる機体後部に並んでいる対潜水艦戦に使用する投下用ソナーを撮影していた。と言ってもケースが並んでいるだけで、本当にソノブイが入っているかどうかは教えてもらえていない。結構高価な使い捨て装備なので、怪しいモノだった。

「どこから投下するんでしょう？」

もとじいが周囲を見回していると、前方から移動してきたP－3クルーの一人が教えてくれた。

「ここですよ」

それは、床から斜めに生えたパイプだった。クルーが上部のカバーを開けると、もとじいが覗《のぞ》き込んだ。

「海が見えます！」

単純に、手動投下するだけらしい。その対潜水艦戦は、飛行機を操縦する操縦手よりも、TACO《タコ》と呼ばれる戦術航空士が仕切るそうだ。階級が操縦手よりも上の場合は、TACOが機長ともなるという。残念ながら、警戒監視と対潜戦は別物なため、今回のフライトではTACO席には電源も入っておらず、画面は真っ暗だった。

「うぉっ」

急に機体が降下を始め、もとじいが驚きの声を上げた。

「立っている場合も、体勢の保持ができるように、常にどこかに摑《つか》まっていて下さい」

先ほどのクルーから注意が飛ぶ。結構な急角度で降下していたが、それでも着席はしなくても良いようだ。クルー自身は、摑まる場所を変えながら歩き回っていた。

近くにあったバブルキャノピーから外を見ると、既にかなりの低高度まで降下していた。前方に、それほど大きくはない貨物船が見えた。そして、機体は急旋回を始める。どうやら、貨物船に並行して飛ぶコースに入るようだった。

前方のコックピットでは、溝ノ口が説明を受けている。監視の要領を説明しているのだろう。

溝ノ口に続き、テレビクルーへの説明がされているのを見ていると、撮影しながらしゃべっていたもとじいの口数が少なくなっていた。見ると、顔が青い。

「大丈夫ですか？」

「まだ何とか。こんなに激しく動くとは思いませんでした」

機体は、窓からそこかしこに見える貨物船や漁船の周囲を、文字通りぐるぐると飛び回っていた。

「酔い止めは飲んでありますか？」

「いえ。戦闘機じゃないんだから大丈夫だと思って……」

「飲むなら差し上げますよ」

斑尾は、建前としては司令官用として、酔い止め薬も携行していた。数は余分に持ってきていたし、そもそも、現役ではないとは言え、戦闘機パイロットでもある溝ノ口に必要なはずもない。実際、機体中部に戻って来た溝ノ口は、普段と変わらない様子だった。

「すみません。頂きます」

もとじいは、持っていたドリンクで薬を飲むと、シートに座って目をつむった。斑尾は、あらかじめ薬を飲んである。それでも、気分が悪くなり始めていた。

「マイナスGがきついなぁ」

「そうですね。これがずっと続くんでしょうか……」

斑尾の独り言に、もとじいが早くも愚痴り始めた。

やっとのことで順番が来て、もとじいと一緒にコックピットに向かう。彼は、無理して青い顔に笑顔を浮かべ、再び撮影を始めた。

P－3は、旅客機であるロッキードL－188エレクトラを原型として作られた。そのため、コックピットは、ちょっと古い旅客機そのものに見えた。

違うのは、二人の操縦士の後方、二名のフライトエンジニアが、その本来の業務だけでなく、監視任務のために双眼鏡を構え、身を乗り出して窓から外を監視していることだった。船舶の識別用資料だという分厚いファイルも彼らの席の脇に置いてあった。他のクルーも、後方のバブルキャノピーから外を窺っているようだ。〝客〟がいなければ、彼らもコックピットに入ってくるのだろう。

「貨物船右を通過……、マーク」

「船名確認OK」

パイロットやフライトエンジニアを始めとしたP－3クルーの声が響く。やはり予想したとおり、発見した船舶を確認しているという。それも、一隻一隻、船名まで確認していた。

「うわ〜。低いですね。翼が海面に突っ込みそうです」

当然、小型の漁船などは、かなり高度を下げ、接近しなければ船名の読み取りなどできない。実際には、それほど低くないのだが、低高度で機体がバンクしていると、確かに危険を感じるほどだった。

「これだけの確認作業をやっていますから、一九九九年に発生した能登《のと》半島沖不審船事件の際にも、P－3が不審船を発見できました。あの時は、アンテナの数、過少な漁具、異常な排煙、簡易すぎる船名表記や漁船登録番号の異常などから、不審船だと判断しています。対処は、基本的に海上保安庁の仕事ですが、我々は空から見張りを続けているんです」

クルーが説明してくれる。実際の監視フライトは十時間を超えるという。それでも、沖縄近海の全《すべ》ての船を確認することは不可能だろう。抽出監視になるとは言え、飛行機に比べ、格段に足の遅い船を、繰り返し監視することになる。日本近海を航行する船は、かなりの高確率でP－3に捕捉《ほそく》されることになるのだろう。

「こんな小さな漁船でも、ここまで寄ればバッチリ見えます」

騒がしいコックピットの中、もとじいは、窓の外を過ぎ去る船を撮影していた。薬が効いてきたこともあるだろうし、監視の実態を見て興奮したのか、先ほどよりも元気そうだった。

副官は、面倒な仕事であることは間違いないのだが、司令官に随行しなければならない立場であるため、こんな機会もある。副官のオイシイ部分だった。飛行機酔いさえなければ……。

幸い、溝ノ口の研修と取材のためのデモフライトであるため、もとじいがコックピットで撮影した後、しばらくして船舶の監視を止《や》め、高度を三〇〇メートル程に上げたまま、水平飛行で次の目的地に向かっていた。

あのまま、急降下&急旋回で船の確認をし、確認が終わったら次の船に接近するため高度を上げるというフライトを続けられていたら、もとじいだけではなく、斑尾でさえもリバースしていただろう。

宮里とテレビ局のカメラマンも、それに水畑も、似たような状況に見えた。対応は、水畑と五空群の広報担当が行っているため、斑尾は水畑と言葉を交わしていないものの、彼の顔色はもとじいと大差なかった。

そうこうしているうちに、機体がゆっくりと高度を下げ始めた。斑尾は、もとじいと顔を見合わせる。

「まもなく、日中中間線です」

ターボプロップエンジンの騒音が響く中、クルーが声を張り上げ、客の全員にまとめて通知した。幸いなことに、船舶を監視する低空でのうろうろではなかった。

「本機は、日中中間線を越えずに飛行しますが、中間線の向こう側に、中国が開発しているガス田が見えます。取材の方は、右舷《うげんがわ》側にある窓からご覧下さい」

いよいよ始まる。

今回のフライトに向けた動きが始まって以降、斑尾は、何をもって効果的で、何をもって結果が出た状態と考えるのかを、溝ノ口から聞かされてはいない。

それでも、五空群司令だけでなく、上級指揮官である総隊司令官や空幕長にまで調整を図り、防衛部長や運用課長を集めて何かを検討していたことは知っている。そして、副官に就いてから約一ヶ月、その間、毎日のように発生する事態についても、司令官と共にいることで事細かに知ることができていた。

だから、これから起こる事態について、予想はできている。斑尾は、視線を下げたままこぶしを握りしめた。

顔を上げると、振り向いた溝ノ口と目が合った。その目は、『分かっているな』と言っていた。斑尾は、姿勢を正し、無言のまま肯いた。

中国が建設したガス田の採掘施設は、東《ひがし》シナ海に複数存在し、日中中間線に沿うように建設されている。P－3が日中中間線を越えなくとも、それらは間近に見ることができた。

「これが中国が建設したガス採掘のための施設です。一部のガス田は、日中中間線を越えて日本側にも広がっています。つまり、施設は中国側でも、あの施設は、日本の資源を盗掘しているものでもあるのです」

もとじいが、バブルキャノピーから撮影をしながら、音声を録音していた。

「現在見えているガス田施設は、断橋《だんきょう》、日本名楠《くすのき》と名付けられています。この後、天外天《てんがいてん》、日本名樫《かし》、続いて春暁《しゅんぎょう》、日本名白樺《しらかば》と三か所のガス田近傍を通過して、尖閣諸島に向かうそうです」

斑尾も、ガス田を見た。油田の採掘施設のようなもので、海中から柱が突出し、その上に巨大な構造物が設けられている。

「専門家の中には、これが軍事に使用されるんじゃないかなんて言っている人もいますが、実際はどうなんでしょう？」

もとじいは、一旦《いったん》カメラを置いて、座席に座っていた。機体は、ガス田施設の近傍を通過する時だけ、ゆっくりと降下し、その後は、また三〇〇メートル程まで上昇し、今は穏やかな飛行を続けていた。彼の顔色も、いくぶんか良くなったように見える。

「現在のところ、そうした動きはないようです。Ｐ－３の監視飛行は、それを確認するためでもあるそうです。定期的に確認し、新たな施設が作られていないか、新たな機材が搭載されていないか監視しているんです」

コックピットでは、クルーが一眼レフカメラで撮影している様子が見えていた。その後方で、溝ノ口も窓の外を見ている。

「なるほど。それで彼らも撮影しているんですね」

P－3が、三か所目となる春暁ガス田を通過してから、機内の騒音が以前より大きくなっていた。恐らく、速度を上げて急いでいるのだろう。そろそろ、尖閣が近くなっているはずだった。

「尖閣諸島が見えてきました」

先ほどのクルーが騒音に負けじと叫ぶと、機体は緩やかに下降を始める。テレビクルーともとじいが立ち上がって、窓から撮影を始めた。

「尖閣諸島の北東端にある久場島《くばしま》です」

尖閣諸島の内、久場島だけが、他の島々と少々離れている。最も大きな島、魚釣島《うおつりじま》まで約三〇キロ、三分程で見えてくるはずだった。

「そろそろね」

斑尾は、もとじいに聞こえないように、小声で呟いた。

「右側に沖《おき》の北岩《きたいわ》、左側に沖《おき》の南岩《みなみいわ》、その先に北小島《きたこじま》、南小島《みなみこじま》が見えます」

クルーが説明すると、テレビ局のカメラマンももとじいも、それぞれに真剣な顔をしてバブルキャノピーにカメラを突っ込んでいた。

「右側、ひときわ大きな島が見えてきました。魚釣島です」

もとじいが、「これが魚釣島です。思ったよりも大きな島です」と解説を入れている。

その最中、前方のコックピットで何やら動きがあったのが見えた。エンジンの騒音で聞き取れないものの、複数のクルーが何やら叫んでいる。

そして、突然機体が左に大きく傾いた。

「うおっ！」

もとじいとテレビクルーが慌てて窓の脇にある取っ手にしがみついていた。予想していた斑尾は、機体がバンクを始める前から、ソノブイのラックを握りしめている。

「レーダー波を感知しました。未確認、おそらく中国のものと思われる戦闘機が接近してきているようです。安全のため退避します。十分な距離があるはずなので、危険はありません。ご安心下さい。一応、席についてシートベルトの装着をお願いします」

先ほどから解説してくれていたクルーが叫んだ。彼は、溝ノ口に声をかけ、コックピットに案内していた。

「大丈夫……ですよね？」

シートベルトを締めながら、もとじいが不安そうに言った。機体は、高度を下げると共に、この日一番のエンジン音を響かせながら飛んでいた。

「クルーが大丈夫と言うのですから、大丈夫でしょう。それに、よくあることです」

「よくあること?」

「ええ。中国の公船も頻繁にやって来るようになっていますが、尖閣諸島は一応日本が実効支配しています。周囲の海は、海上保安庁の船や海上自衛隊の艦艇が航行していますし、こうしてP-3も監視飛行を行っています。その一方で、中国も領有権を主張しているため、こうして尖閣の周辺を飛行していると、中国の戦闘機も上がってくるんです」

斑尾たちの前方では、五空群の広報担当と水畑が、宮里たちに話しかけていた。同じような説明をしているのだろう。宮里とカメラマンは、乗り物酔いとは異なる青い顔をしていた。騒音の中でも、口が上ずっているのが分かった。

「つまり、中国の戦闘機に狙われているってことですか?」

「目標にしている、という意味では、狙われていると言っても間違いないです。でも、航空自衛隊が行っている対領空侵犯措置と同じ行動なので、攻撃してくることはないでしょう。捕捉されれば、誘導に従って中国の基地に着陸しろ、とは言ってくるでしょうけど」

「それで逃げているということですか?」

「ええ。仮に追ってくるとしても、まだこちらは見つかっていないはずですし、見つかったとしても追いつかれるのは、ここよりも沖縄に近い場所になります。それに……」

斑尾の解説は、それを中断させたクルーの言葉が引き継いでくれた。

「ただいま、航空自衛隊のF-15戦闘機がスクランブル発進しました。接近している航空機も航空自衛隊のレーダーサイトが捕捉しています。接近中の航空機は、引き続き、こちらを捜索しながら接近しているようですが、仮にこれ以上追いかけてきても、先にF－15と合流できます。先ほどもお伝えしたように、安全ですので、ご安心下さい」

「なるほど。こういうことですか」

「ええ。ところで、撮影はしなくて良いんですか？」

「カメラを回しても、〝絵〟がないですからね。録音はしてますから、後でトークを入れて作ります」

　彼の動画をいくつか見た。〝絵〟を見せ、その説明は、彼が軽妙なトークを差し挟んで行っていた。斑尾の説明を、もっとかみ砕き、もっと平易な言葉に置き換えて話すのだろう。騒音の中で、斑尾が張り上げた声で話す言葉より、余程見る人に届くはずだった。

「一つ、伺っていいですか？」

「ええ。どうぞ」

　斑尾が答えると、もとじいは、胸ポケットに手を入れ、ICレコーダーを取り出す。

「ちょっと、話し難《にく》いことかもしれませんから、録音は止めます。私も元自ですから、悪いようには言わないので教えて下さい」

「何ですか？」

　斑尾は、少々警戒して答えた。

「今回のコレは、仕組んだことなんですか？」

「へ？」

斑尾は、予想外の質問に間の抜けた声を出してしまった。

「中国軍と示し合わせるなんてムリですよ」

もとじいは、「あ〜」と妙な声を出しながら、頭をかきむしっていた。

「言い方が悪かったですね。こうなることは分かってたんですか？」

「そういう意味ですか」

斑尾は、どう答えるべきなのか、目を閉じて思案した。

「昨年度の南西空、南西航空方面隊が行ったスクランブル発進の回数は五百九十六件でした。北空は三百件弱、中空と西空は百件にも満たないにもかかわらずです。この五百九十六件の内、ほとんどが中国の戦闘機に対するものでした」

「ということは……」

もとじいのつぶやきに、斑尾は肯いて見せた。

「これが、沖縄の空の現実なんです。今回のフライト、P－3は、日中中間線を越えていません。日本の空しか飛んでいないにもかかわらず、中国の戦闘機から追われる。そして、そのP－3を守るため、那覇からスクランブル発進しなければならない。これが、現実なんです。現実を見て欲しかったんです」

溝ノ口の決断は、現実を公開することを決めたに過ぎなかった。しかし、従来公開していたスクランブル件数や対象機種の情報と比べれば、相当に生々しい情報だろう。

「これが現実なんですね……」

もとじいは、何かを呟いていたが、退避のため、低空飛行にもかかわらず、フルパワーを絞り出しているエンジンの騒音で、斑尾には聞き取れなかった。

「いい絵が撮れましたか？」

「バッチリですよ！」

座席に戻ったもとじいは、興奮で頬を赤くしていた。さっそくビデオカメラの映像を確認している。

「P－3への搭乗で、F－15の映像が撮れるとは思いませんでした。しかも、モノホンのスクランブル。最後は、翼を振っていってくれましたよ」

さぞかし見栄えのする動画になってくれるだろう。

「でも、これはさすがにサービスですよね？」

「そうですね。普通は、P－3と中国機の間でCAP《キャップ》して、そのままRTB《アールティービー》しちゃいますからね」

斑尾の答えに、もとじいは、少しばかり困惑の表情を見せていた。その顔を見て、斑尾は自分の失敗に気付いた。

「CAPというのは、Combat Air Patrolの頭文字を取った略で、日本語では戦闘空中哨戒と言います。航空機が、前方に進出して、旋回をしながら警戒することです。RTBは、Return To Baseの頭文字を取った略で、文字通り基地に帰ること、つまり帰投ですね。すいません。略語慣れしちゃってて」

「なるほど」

もとじいは、やっと納得した顔を見せた。P－3を守るために、中国の戦闘機との間に入ってくれたF－15は、帰投の途中に、P－3に合流し、並航してくれたのだった。さすがに、これは取材者が同乗していたためのサービスだ。

中国機が接近してきたことで、琉球テレビの宮里などは、それこそ震えるほど青い顔をしていた。その宮里も、F－15を見て安堵《あんど》の表情を浮かべていた。彼も絵になると思ったのだろう。しっかりとF－15をビデオカメラに収めさせていた。

＊

昼食を終えた斑尾は、溝ノ口と副司令官である目黒と共に、司令部庁舎に戻ってきた。昼食は、司令官と目黒が共に摂《と》り、その間の非常事態には幕僚長の馬橋が初動対処に当たることになっている。斑尾は、食堂への行き帰りに同行し、彼らを遠目に見ることができる位置で、彼らよりも素早く掻《か》き込んで食べる。とは言え、さほど急いで食べる必要はない。自衛隊生活が身につくと、自然と早食いになる上、多くの高級幹部は、意図的にゆっくりと食べるからだ。副官への気づかいもあるし、年のためか、健康に配慮してということもあるようだ。

Ｐ－３でのフライト翌日となるこの日、そのフライトのことがＶＩＰ席で話題になっていた。庁舎二階の廊下を副官室前まで戻ってきた時、出発してから一時間近くが経過していた。

食事が長引いた時ほど、誰かが司令官の帰りを待っていることが多い。あにはからんや、この日も副官室前に水畑がいた。開いたままのノートパソコンを手にしている。

「お疲れ様です」

水畑は、軽く頭を下げて言った。敬礼とも会釈ともつかないあいまいな動作だった。

「報告か？」

「昨日のユーチューバーの動画がアップされました」

「お～、見せてくれ」

溝ノ口の反応に、斑尾は口を挟んだ。

「では、お部屋で」

「いや、それで見られるんだろ。ここでいい。目黒さんもいっしょに」

副官室の入り口、守本と三和のデスクはカウンター状になっている。報告や決裁待ちの幕僚が、書類を置いたりできるようにだ。端には花も飾ってある。

水畑が、そこにパソコンを置くと、立ったまま鑑賞会が始まった。溝ノ口の横に、これまた大柄な目黒が並ぶ。斑尾は、その横から画面を覗き込んだ。

「アップされたのは一時間ほど前ですが、ツイッターなどで拡散されて、既に再生数は五千を超えてます。かなり話題になっているようです。内容を確認しましたが、大変好意的に編集してくれています」

かなり長めの動画だった。空自として見てもらいたい中国軍機の活動と空自の対応は、当然後半になる。もとじいは、しっかり前置きし、ハイライトまで視聴者を引っ張ろうとしていた。

Ｐ－３が不審船を発見した能登半島沖不審船事件を紹介しながら、一見地味な監視フライトの重要性とその意外な程の苦労を、彼の青ざめた顔を映しながら語っていた。

その苦労を描くために、彼だけでなく真っ青になった斑尾の顔まで映していたことには歯噛みさせられたものの、その分効果的に描かれていたと言って良かった。

「あの野郎、覚えとけよ」

斑尾は、小声で呟いたが、自然と笑みがこぼれる。同時に一つ教訓も得た。こうしたケースでは、もっと入念に化粧をすべきだ。

そして、海中からそそり立つ巨大なガス田施設と美しい尖閣諸島を映し出した後、急にBGMが変わり、緊迫した機内の様子が映し出されていた。

斑尾は、彼が撮影していないと思っていたが、いつの間に撮影したのか、脂汗を流す宮里が映されていた。

斑尾が語った説明は、彼の軽妙なトークで語られていた。実は、こっそりとビデオカメラも回していたようだ。最後にF－15が映され、意義深いフライトだったと語っていた。動画は、自衛隊の働きに感謝すると言って締められていた。

「いいじゃないか。やった価値があったな」

「『遊覧飛行』への反論ができましたね」

溝ノ口の評価に、目黒が応じる。

「琉球テレビの方は、どうなる見込みだ？」

溝ノ口が、水畑に問いかけた。

「まだ放映日も決まってないようです。編集も多分これからでしょう。ただ、この動画が評判になってますから、以前みたいに『遊覧飛行』なんて評価はできないと思います」

「いや、分からんぞ。何十年も前から、彼らの姿勢は一貫しているからな」

果たしてそうだろうか。姿勢は一貫していても、今回は、もとじいの動画がある。

「それをやったら、あっという間に比較動画が作られて、琉球テレビが叩かれるんじゃないでしょうか」

「なんだ、その比較動画というのは？」

差し挟んだ斑尾の言葉は、溝ノ口には分からなかったようだ。

「複数のものを比較、検証する動画です。今回、琉球テレビともとじいさんが同乗してました。同じモノを取材して、あまりに異なる報じられ方をすれば、視聴者は疑念をもって動画を見ると思います」

「メディアリテラシーを養ういい機会になるかもしれません」

水畑の補足は、さすがに外部で研修してきた者ならではだった。

「そうかもしれんな……」

溝ノ口は、二度目の再生画面を見ながら言った。

「それにしても、凄《すご》いです」

斑尾は、真剣に動画を見つめる溝ノ口を見て、素直な感想を口にした。

「何がだ？」

振り向いた溝ノ口は、怪訝《けげん》な顔をしていた。

「あ、司令官を始め、五空群司令や渉外広報班長、それに防衛部の方々の努力の結晶がコレだと思うと、皆さんが凄いなと……」

「それぞれの立場で、それぞれの責務を果たしただけだ」

「それぞれの責務ですか……」

斑尾は、何かできただろうか。もちろん、もとじいに説明はした。だが、それはたまたまあの場にいたからやっただけのことだ。他の誰かが、彼の隣に座っていれば、その他の誰かがやったはずだった。

「何だ。副官も副官として責務を果たしただろう？」

「もとじいさんに説明はしましたが、副官としては何もしていません」

斑尾は、かすかな悔しさを抱え、視線を落として答えた。

溝ノ口は、何かを言おうとしながらも、言葉の選択に悩んでいるようだった。

「確かに、副官の責務からは、少し外れるのかもしれないが……」

言葉を切った溝ノ口は、意外なことを言い出した。

「副官は、古いと言ってただろう？」

「もしかして……主張の件でしょうか？」

少々言い過ぎた自覚はある。恐る恐る確認した。

「そうだ。反論をせずに、誠実に、やるべき事をやり続けることで理解を得るという姿勢が古すぎるんだと。意義を説明し、研修を行うことが正当なのだと主張すべきだと言っただろう」

「そ、そうですね」

「司令官にそんなことを言ったのか」

目黒の言葉は、糾弾するような口調ではないものの、冗談めかしてもいなかった。とは言え、背中には汗が流れる。

「いや、いいんだ。テレビ局の取材を受けて、確かにその通りかもしれないと思ったよ。その結果が、このフライトだ。その意味では、副官の言葉が契機でもある」

「多少なりとも、契機というか、ヒントになったのであれば、幸いです」

斑尾は、胸をなで下ろした。

「ジジイ扱いは勘弁して欲しいがな」

「いや、そんな！　ジジイ扱いなんてしてないです」

慌てて反論する。

「古いと言ったんだろう？」

今度の目黒の言葉は、ちゃかし気味だった。溝ノ口も笑っている。本気で言いつくろう必要もないのかもしれない。

「いや、もう、自重します。すみません」

斑尾は、這々《ほうほう》の体で頭を下げた。それでも、心は軽かった。

自分の実力では、まだ何をするにも足りない。斑尾の周りにいる人々は、皆凄い人物ばかりだ。それでも、その中で、少しでも何かできたのなら、副官も悪くはない。

そう思えた。

本書はハルキ文庫の書き下ろし作品です。

Haruki Bunko
ハルキ文庫

あ 33-1

航空自衛隊《こうくうじえいたい》 副官《ふくかん》 怜於奈《れおな》

著者 数多久遠《あまたくおん》

2020年4月18日第一刷発行
2023年2月8日第六刷発行

発行者 角川春樹

発行所 株式会社角川春樹事務所
〒102-0074 東京都千代田区九段南2-1-30 イタリア文化会館

電話 03(3263)5247(編集)
03(3263)5881(営業)

印刷・製本 中央精版印刷株式会社

フォーマット・デザイン 芦澤泰偉
表紙イラストレーション 門坂 流

ISBN978-4-7584-4330-2 C0193 ©2020 Kuon Amata Printed in Japan
http://www.kadokawaharuki.co.jp/[営業]
fanmail@kadokawaharuki.co.jp[編集] ご意見・ご感想をお寄せください。

航空自衛隊　副官　怜於奈2

数多久遠

南西航空方面隊司令官付き「副官」に異動した斑尾怜於奈。少しずつではあるが職務に慣れてきた彼女は、初年度視察で司令官とともに宮古島を訪れる。だが、現地の自衛隊支援者の集まりで失言してしまった怜於奈は……。自衛隊が心がける地域や地元民の感情への配慮など、自らも副官を経験した元幹部自衛官が「自衛隊が対峙するトラブルと人間模様」を描く、大反響・本格自衛隊小説、第二弾！

航空自衛隊 副官 怜於奈3

数多久遠

南西航空方面隊司令官付き「副官」の斑尾怜於奈。ようやく副官業務に慣れてきた彼女に、宗教団体に入信している隊員から勧誘が!? そんな中、怜於奈は、初体験の指揮所演習に戸惑いながら参加する。それがまた彼女には大きな試練だった——。副官は演習でも大っっっ変!! 自らも副官を経験した元幹部自衛官が、知られていないリアルな自衛隊を描く、大反響・本格自衛隊小説、第三弾!

ハルキ文庫

相棒はJK

榎本憲男

警察大学校を首席で卒業した、キャリア組の中でもバリバリのエリートである鴨下俊輔警部補は、署から警視庁刑事部長直轄の組織・刑事部捜査第一課特命捜査係への異動を告げられる。数々の難事件を解決した実績を持つこの部署の中心人物が、鴨下がバディを組むことになる特別捜査官の花比良真理。彼女は現役の女子高生で!?

そして……。